एकात्म मानववाद

तत्त्व मीमांसा • सिद्धांत • विवेचन

पं. दीनदयाल उपाध्याय द्वारा लिखित पुस्तकें

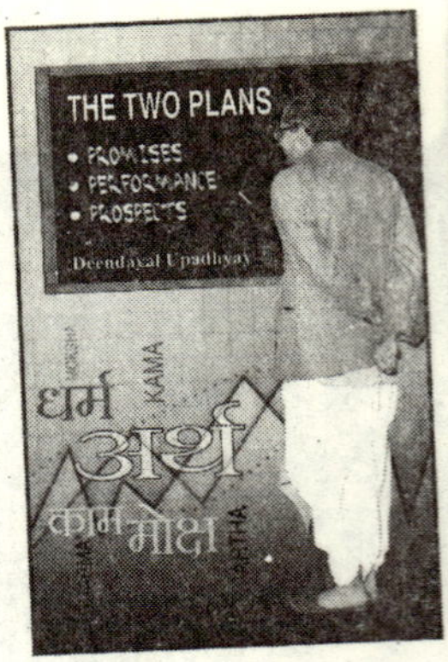

(पंद्रह खंडों में)

पं. दीनदयाल उपाध्याय पर केंद्रित पुस्तकें

एकात्म मानववाद

तत्त्व मीमांसा • सिद्धांत • विवेचन

दीनदयाल उपाध्याय

प्र

प्रभात
प्रकाशन

प्रकाशक
प्रभात प्रकाशन प्रा. लि.
4/19 आसफ अली रोड, नई दिल्ली-110002
फोन : 011-23289777 • हेल्पलाइन नं. : 7827007777
इ-मेल : prabhatbooks@gmail.com ❖ वेब ठिकाना : www.prabhatbooks.com

संस्करण
2025

पेपरबैक मूल्य
दो सौ पचास रुपए

मुद्रक
नरुला प्रिंटर्स, दिल्ली

EKATMA MANAVVAAD
by Deendayal Upadhyay

Published by **PRABHAT PRAKASHAN PVT. LTD.**
4/19 Asaf Ali Road, New Delhi-110002

ISBN 978-93-5186-014-3

₹ 250.00 (PB)

भूमिका

स्वतंत्रता के तुरंत बाद जब देश का राजनीतिक व बौद्धिक जगत् पाश्चात्य विचारों से पूरी तरह आच्छादित था। राजनेता भारतीय परंपरा के ऋषि व्यक्तित्व महात्मा गांधी को भुलाते जा रहे थे। राजनीति लोकमान्य तिलक, श्रीअरविंद व स्वामी विवेकानंद की विचार-परंपरा से अपना नाता तोड़ रही थी। स्वतंत्रता-संग्राम व भारतीय पुनर्जागरण की विभूतियाँ राजनीति में प्रतिबिंबित नहीं हो रही थीं। राजनीतिक दल पाश्चात्य विचारों से अभिभूत हुए जा रहे थे, तब पंडित दीनदयाल उपाध्याय ने हस्तक्षेप करते हुए भारतीय प्रज्ञा को झकझोरा तथा आह्वान किया कि हम विदेशी परिस्थिति एवं विदेशी चित्त में उत्पन्न विचारों का अध्ययन तो करें, लेकिन स्वतंत्र भारत की विचारधारा का स्रोत तो भारतीय चित्त ही होना चाहिए।

दीनदयाल उपाध्याय द्वारा प्रणीत भारतीय चित्त के विचार 'एकात्म मानववाद' की उद्घोषणा के 50 वर्ष पूर्ण हो रहे हैं। यों तो पं. दीनदयाल उपाध्याय का संपूर्ण वाङ्मय ही उनकी सिद्धांत-दृष्टि एवं विवेचन का सांगोपांग ज्ञान करवा सकता है; लेकिन इसके प्रारंभिक संप्रेषण को सुधी पाठकों तक पहुँचाना एकात्म मानवदर्शन अनुसंधान एवं विकास प्रतिष्ठान ने अपना दायित्व समझा।

दीनदयालजी ने सबसे पहले जून 1964 के संघ शिक्षा-वर्गों में इसकी तत्त्व मीमांसा थी। एकात्म मानववाद के मर्म के समीकरणों को उन्होंने एक 'घन' के माध्यम से वर्णित किया। यहाँ प्रस्तुत ये दो बौद्धिक-वर्ग राजस्थान संघ शिक्षा-वर्ग उदयपुर में चार व पाँच जून को दिए गए थे। ये बौद्धिक वर्ग राजस्थान के तत्कालीन बौद्धिक प्रमुख जयदेवजी पाठक की फाइल से प्राप्त किए गए हैं।

उन्नीसवीं व बीसवीं सदी में भारतीय विचार-मंथन में पौर्वात्य एवं पाश्चात्य विचारों का द्वंद्व प्रखरतापूर्वक रेखांकित हुआ है। स्वामी विवेकानंद ने सामान्यत: इसे प्रारंभ किया, लोकमान्य तिलक ने 'गीता रहस्य' के माध्यम से इसे आगे बढ़ाया तथा पुन: 1909 ई. में महात्मा गांधी ने अपने 'हिंद स्वराज' में इसी विषय को प्रमुखता से उठाया। पं. दीनदयाल उपाध्याय ने भी अपने प्रथम बौद्धिक-वर्ग में इसी का विवेचन किया है।

दीनदयाल प्रणीत एकात्म मानववाद की पृष्ठभूमि में पाश्चात्य व्यक्तिवाद एवं समाजवाद के सिद्धांत तथा विचार हैं। अत: दूसरे बौद्धिक-वर्ग का शीर्षक है—'व्यक्ति और समाज'। व्यक्ति व समाज का आत्म-साक्षात्कार ही एकात्म मानव का परिचय है। व्यक्ति व समाज की एकात्मता के चार सूत्रों शिक्षा, कर्म, योगक्षेम व यज्ञ के अनुसंधानीय समीकरणों से कैसे धर्म, अर्थ काम व मोक्ष की संसिद्धि होती है, इसका वर्णन इस द्वितीय बौद्धिक-वर्ग में है।

विषय गहन है, लेकिन दीनदयालजी, जिनके सामने बोल रहे हैं, उनमें बड़ी संख्या विद्यालयी एवं महाविद्यालयी विद्यार्थियों की है। दीनदयालजी का यह वैशिष्ट्य रहा है कि वे सामनेवाले श्रोताओं के बौद्धिक-स्तर के अनुसार विषय का प्रतिपादन करते थे। इन दोनों बौद्धिक-वर्गों को पढ़कर हम सहज ही इसका अनुभव कर सकेंगे।

इस अर्धशताब्दी के अवसर पर इन बौद्धिक-वर्गों के पुन: प्रकाशन के साथ इनको संपादित किया गया है। शीर्षकों को विषयानुकूल बनाने का प्रयत्न किया है। नीचे लिखे संदर्भों को जोड़ने का कार्य भी संपादन-कर्म का हिस्सा है। कुछ वाक्यों को, जो भाषण के प्रवाह में आ जाते हैं, उनको काट भी दिया गया है। विषय उभरकर सामने आए, इसका प्रयत्न संपादन-कार्य में हुआ है।

'एकात्म मानववाद सिद्धांत' यह ऐतिहासिक 'सिद्धांत और नीति' प्रलेख का हिस्सा है। इसके नीति भाग को यहाँ प्रकाशित नहीं किया जा रहा है, नीतियों का वितान बड़ा है तथा किंचित् तात्कालिक भी। दीनदयालजी के जून 1964 संघ शिक्षा-वर्गों के बौद्धिक-वर्ग के बाद 11 से 15 अगस्त, 1964 तक भारतीय जनसंघ का ग्वालियर में अखिल भारतीय अभ्यास वर्ग हुआ, उस वर्ग में 'सिद्धांत व नीति' प्रलेख तैयार हुआ। बाद में जनवरी 1965 में विजयवाड़ा के सार्वदेशिक सम्मेलन में भारतीय जनसंघ ने इसे आधिकारिक

रूप से स्वीकार किया। इस अभ्यास-वर्ग एवं सार्वदेशिक सम्मेलन का यह पचासवाँ वर्ष है। अत: 'एकात्म मानववाद' अर्धशताब्दी के अंतर्गत इसके 'सिद्धांत पक्ष' का यह प्रकाशन आपके समक्ष है।

एकात्म मानववाद के प्रणयन की एक पृष्ठभूमि है, जिसका वर्णन संघ शिक्षा-वर्ग के दो बौद्धिक-वर्गों में है। पाश्चात्य चिंतन से उद्‌भूत व्यक्तिवाद व समाजवाद के विचार इसकी पृष्ठभूमि में हैं। पृष्ठभूमि का ही दूसरा आयाम है, अपने देश के राजनैतिक चिंतन की स्थिति, पृष्ठभूमि के इस आयाम का वर्णन इस सिद्धांत भाग में दीनदयालजी ने किया है। देश की स्थितिगत चुनौतियों के लिए भारतीय जनसंघ की स्थापना हुई तथा जनसंघ की कार्यदिशा को परिभाषित करते हुए 'एकात्म मानववाद' का आख्यान हुआ।

दीनदयालजी कहते हैं कि भारतीय संस्कृति एकात्म मानववादी है। इसके अनेक प्रत्यय हैं, यथा धर्म, चिति एवं विराट् आदि, इन प्रत्ययों को राजनीति के क्षेत्र में प्रस्तुत करना एक क्रांतिकारी पहल थी। आजादी के आंदोलन में महात्मा गांधी ने भारतीय प्रत्ययों का उपयोग किया था। आजाद भारत पाश्चात्य प्रत्ययों का अनुगामी बन गया। भारतीय संस्कृति के संदर्भ में उनका दृष्टिकोण तथाकथित धार्मिक एवं उनकी भाषा में 'रिलीजियस' था। दीनदयालजी ने विश्व के राजनैतिक विचार-मंथन में भारतीयता-परक हस्तक्षेप किया, इसके परिणाम स्वरूप राजनैतिक पटल पर 'एकात्म मानववाद' अवतरित हुआ। पचासवें वर्ष की पावन-वेला में एकात्म मानवदर्शन अनुसंधान एवं विकास प्रतिष्ठान इसे पुन: सुधी पाठकों के समक्ष प्रस्तुत कर रहा है। आशा है, बदला हुआ राजनैतिक नेतृत्व इसका समुचित उपयोग करेगा।

तृतीयत: 22, 23, 24 व 25 अप्रैल, 1965 को दीनदयालजी ने बंबई में चार व्याख्यान किए। ये चारों व्याख्यान एकात्म मानववाद की विशद् विवेचना करते हैं। तत्त्व-मीमांसा, सिद्धांत व विवेचन के तीनों प्रलेखों को इस ग्रंथ में संगृहीत किया गया है। एकात्म मानवदर्शन अनुसंधान एवं विकास प्रतिष्ठान इसके लिए प्रभात प्रकाशन का आभारी है।

—डॉ. महेश चंद्र शर्मा

अध्यक्ष, एकात्म मानवदर्शन अनुसंधान एवं विकास प्रतिष्ठान

37, दीनदयाल उपाध्याय मार्ग, नई दिल्ली-2

अनुक्रम

तत्त्व मीमांसा

एकात्म मानववाद या एकात्म मानवदर्शन

दीनदयाल उपाध्याय प्रणीत एकात्म मानववाद के संदर्भ में एक चर्चा होती रहती है कि यह 'वाद' है या 'दर्शन'? 'वाद' पाश्चात्य परंपरा का वाहक है, जबकि 'दर्शन' भारतीय परंपरा का। 'एकात्म मानव' का विचार तत्त्वत: भारतीय विचार है, अत: इसे 'दर्शन' कहना चाहिए, कुछ लोगों का यह आग्रह रहता है, जो गलत नहीं है। मा. नानाजी देशमुख 'दीनदयाल शोध संस्थान' में 'दर्शन' शब्द का ही प्रयोग करते थे।

यह बात ठीक होते हुए भी यह तथ्य है कि दीनदयाल उपाध्याय ने अपने बौद्धिक वर्गों में तथा 'सिद्धांत एवं नीति' प्रलेख में इसे 'एकात्म मानववाद' कहा है। मुंबई में जो उनके चार भाषण हुए, उनमें भी 'एकात्म मानववाद' शब्दपद का ही उपयोग है। 1985 में जब भारतीय जनता पार्टी ने इसे स्वीकार किया, तब भी 'एकात्म मानववाद' ही कहा गया है। पाश्चात्य चिंतन की पृष्ठभूमि में दीनदयालजी ने इस विचार का विवेचन किया है। व्यक्तिवाद व समाजवाद को उन्होंने पृष्ठभूमि में वर्णित किया है, अत: 'एकात्म मानववाद' भी एकदम संगत शब्द प्रयोग है। यथा रुचि 'वाद या दर्शन' दोनों का ही प्रयोग किया जा सकता है, यह कोई विवाद का मुद्दा नहीं है।

अनुक्रम

भारतीय और पाश्चात्य दृष्टि में अंतर

हम लोग समाज को सुखी, वैभव-संपन्न और प्रगतिशील बनाने का उद्‌देश्य लेकर संगठन का कार्य कर रहे हैं। हम यह जानते हैं कि राष्ट्र-जीवन की सम्मानपूर्ण स्थिति शक्ति के बिना नहीं आ सकती, और शक्ति बिना संगठन के नहीं आ सकती। अतः शक्ति प्राप्त करने के उद्‌देश्य से हमारा यह संगठन का काम है।

समाज की स्वाभाविक अवस्था

समाज की संगठित अवस्था ही समाज की स्वाभाविक अवस्था है। संगठन का अभाव समाज की स्वाभाविक स्थिति के अभाव का द्योतक है। बिखरे हुए लोगों के समूह को समाज नहीं कहते। मिट्टी के अनेक बिखरे कण पत्थर या ईंट नहीं कहलाते। जब तक ये बिखरे हुए कण जुड़कर अभिन्नता को प्राप्त नहीं होते, वे ईंट नहीं बन सकते। यदि वे अलग-अलग मिट्टी के कण होंगे तो उनमें शक्ति नहीं होगी, उनसे कोई निर्माण कार्य नहीं होगा, कोई उनकी चिंता नहीं करेगा। ईंट या पत्थर सामने होंगे तो सब उनका महत्त्व समझेंगे या बचकर निकलेंगे, परंतु मिट्टी के कण-धूल को तो सब कुचलकर ही निकलेंगे। अतः सामूहिकता समाज की स्वाभाविक अवस्था है।

किंतु इस सामूहिकता के साथ हमें एक बात का और भी विचार करना पड़ता है। 'हम सब के सब एक हैं', यह तब तक संभव नहीं, जब तक हमें यह ज्ञान न हो कि हमें एक बनाने वाली, हमें जोड़ने वाली वस्तुएँ कौन-कौन सी हैं।

भावात्मक और नकारात्मक विचार

अभी तक हमारे सामने एकता का जो विचार आता है, वह भावात्मक (Positive) नहीं, नकारात्मक (Negative) है। कई लोग राष्ट्र-कल्पना को ही नकारात्मक कल्पना मानते हैं, भावात्मक नहीं। जैसे चीन का आक्रमण[1] हुआ तो राष्ट्रभाव की बात आई। कई लोग कहते हैं हमला होने पर हम एक राष्ट्र बन जाएँगे। यह विदेशी कल्पना है। इंग्लैंड पर जब हमला हुआ तो राष्ट्रवाद जाग्रत् हुआ। एक अंग्रेजी कहावत है—"Nations die in peace and live in war" अर्थात् शांतिकाल में राष्ट्र मर जाते हैं और युद्ध काल में जीवित रहते हैं। युद्ध के समय हम मिल जाएँ, यह ठीक है, किंतु केवल युद्ध ही हमें जोड़ने वाली चीज हो, यह कोई बहुत अच्छी बात नहीं है। हमारा राष्ट्रजीवन, जो हजारों वर्षों से चला आ रहा है, यदि इसका आधार विरोध, युद्ध या विपत्ति ही हो, तो यह ठीक नहीं है।

हम भावात्मक आधार पर खड़े हैं। जीवन की एक दृष्टि हमारे सामने है। हम संसार में पैदा हुए हैं तो किसी का विरोध करने के लिए नहीं, हमारे सामने एक विधायक (Positive) विचार है कि हम जोड़नेवाले हैं, तोड़नेवाले नहीं। जो विधायक विचार नहीं करते, वे चाहे जैसा कुछ कहते हैं।

हमारी संस्कृति

जब हम संगठन का कार्य करने चले हैं तो हमें अपने समाज से जोड़नेवाली चीज हमारी संस्कृति है। उसका विचार करना पड़ता है। आजकल कई लोग पूछते हैं कि आप किस 'वाद' में विश्वास करते हैं? हम किसी वाद को नहीं मानते। हम तो हिंदू संस्कृति अथवा भारतीय विचार में विश्वास करते हैं। फिर वे कहते हैं कि हम आधुनिक वादों समाजवाद, पूँजीवाद, अराजकतावाद, अधिनायकवाद आदि में से किस पर विश्वास करते हैं? तो इनमें से किसी में भी नहीं। ये सब वाद बाहर की उपज हैं। विदेशों में लोगों ने मुझसे पूछा, आप बीयर पीएँगे या शैंपेन? ये दोनों भिन्न प्रकार की शराब हैं। लेकिन मैंने दोनों का निषेध किया। इसी प्रकार अपने देश में कुछ लोग कहते हैं कि आप पूँजीवाद में विश्वास करते हैं? हम कहते हैं—नहीं। तो

1. अक्तूबर 1962 में चीन ने भारत के लद्दाख व नेफा क्षेत्र पर आक्रमण कर दिया था।

साम्यवाद में करते होंगे? यह माना जाता है कि इन दोनों में सबकुछ है, यह सत्य नहीं है। संसार में इनके अलावा दूसरे विचार भी हैं। ये सब वाद बाहर के हैं। हम तो अपनी चीज को मानते हैं।

वैसे हम सत्य को सब जगह से ग्रहण कर लेते हैं, क्योंकि सत्य किसी स्थान विशेष का नहीं होता। जैसे हमने रेलगाड़ी को स्वीकार किया। परंतु पश्चिम के जितने भी दर्शन हैं, वे अधूरे हैं, वे संपूर्ण जीवन का विचार नहीं करते, किसी एक अंग का ही विचार करते हैं। इसलिए हम उनको स्वीकार नहीं करते। हमारी संस्कृति की यही सबसे बड़ी विशेषता है कि इसमें जीवन का संपूर्ण विचार किया गया है।

पश्चिम : टुकड़ों में देखने की प्रवृत्ति

जब मैं कॉलेज में अर्थशास्त्र पढ़ता था तो उसमें प्रारंभ में एक पाठ था, जिसमें उसकी परिभाषा बताते हुए उसे कला या विज्ञान कहा जाता था। उसे ही जीवन का मुख्य केंद्र तथा बाकी सब विषयों को उससे संबंधित बताया गया। जब तर्कशास्त्र (Logic) पढ़ता तो उसके संबंध में भी यही पढ़ा। इस प्रकार पश्चिम में किसी एक विषय को लेकर उसी को जीवन का केंद्र मान लिया जाता है। उसी एक रंगीन चश्मे से सबको देखा जाता है। पश्चिम में हर चीज को टुकड़ों में देखने की आदत है। हम सब बातों के संपूर्ण पहलुओं का विचार करते हैं। हमने जीवन को पूरे रूप में देखा है। हाँ, कभी समझने के लिए एक-एक टुकड़े का विचार भी किया होगा। जैसे दरजी कमीज का ध्यान रखता हुआ भी एक-एक टुकड़े का विचार करता हुआ उसको सीता है। एक किस्सा पढ़ा होगा कुछ अंधों और एक हाथी का।[2] प्रत्येक ने उसका भिन्न-भिन्न वर्णन किया। वास्तव में अंधों में पूरे हाथी को ठीक रूप में बताने की क्षमता नहीं होती। पूरी-की-पूरी कल्पना टटोलने में नहीं आती। टटोलने से तो गलती भी हो सकती है। पश्चिम की यही समस्या है।

---

2. जैन परंपरा में अनेकांतवाद या स्यादवाद के संदर्भ में इस कथा का उपयोग होता है (अनेकांत जय पताका आचार्य हरिभद्र सूरी) पाणिनि महाभाष्य में इसको 'गज-अंध न्याय' कहा गया है।

ज्ञानेंद्रियों से अपूर्ण ज्ञान

वहाँ का ज्ञान केवल ज्ञानेंद्रियों पर ही निर्भर है, लेकिन केवल ज्ञानेंद्रियों से संपूर्ण ज्ञान नहीं होता। जैसे आँख से सभी चीजें दिखाई नहीं देतीं और दिखाई देने वाली प्रत्येक वस्तु ठीक रूप में भी दिखाई नहीं देती। उसके लिए उन्होंने कुछ यंत्र भी बनाए हैं, किंतु उनकी भी कुछ सीमाएँ हैं। जैसे आकाश के कुछ तारे हैं, जिनका प्रकाश पृथ्वी तक पहुँचते-पहुँचते सौ वर्ष लग जाते हैं। पता नहीं अब वह तारा वहाँ है भी या नष्ट हो गया। फिर भी प्रकाश दिखता है। इसी प्रकार रेलगाड़ी में बैठने पर पेड़ दौड़ते दिखाई देते हैं। रात्रि में बादलों के चलने पर हमें चंद्रमा चलता दिखाई देता है। इससे सिद्ध होता है कि आँखों से ठीक वस्तु दिखाई नहीं देती। आँखों की इस कमी की पूर्ति के लिए दूरदर्शक एवं सूक्ष्मदर्शक यंत्र बनाए गए। परंतु सूक्ष्म से सूक्ष्म वस्तु देखने का यंत्र माइक्रोस्कोप अमर्यादित क्षमता का नहीं बन सका। टेलीस्कोप भी अपूर्ण ही रहा। इस प्रकार ज्ञानेंद्रियों से बाहर देखने से अधूरा ज्ञान प्राप्त होता है।

अतः हमारे यहाँ कहा गया, इनसे अंदर की ओर देखो। प्रज्ञा के द्वारा देखो। पूर्ण ज्ञान प्रज्ञा में ही आता है। हमारे ऋषि-मुनियों ने अंदर की ओर देखकर समग्रता के दर्शन किए। इस समग्रता को देखना कठिन अवश्य है, परंतु बहुत कठिन नहीं। प्रयत्न करने पर देख सकते हैं। जैसे अच्छा वैद्य रोगी की नाड़ी देखकर शरीर के सब रोगों का पता लगा लेता है, इसी प्रकार संपूर्ण मनुष्य जीवन की वर्तमान, भूत, भविष्य सबको मिलाकर पूर्णता का दर्शन होता है। हमारा केंद्र है पूर्णता। हमारे विचार का आधार है—एकता, संघत्व। अन्य लोगों का आधार एकांगी है।

व्यक्ति स्वतंत्र नहीं

पश्चिम में विचार चल रहा है कि व्यक्ति बड़ा है या समाज? कई लोग कहते हैं—व्यक्ति स्वतंत्र है। पर व्यक्ति की स्वतंत्रता पूर्णरूप से कहाँ है? व्यक्ति सबके साथ खड़ा है, अकेला कुछ नहीं कर सकता। उसका खाना, पीना, उठना, बैठना सब दूसरों पर निर्भर है। ज्यों-ज्यों विज्ञान की प्रगति हो रही है, व्यक्ति दूसरों पर अधिक निर्भर होता जा रहा है। किसान अनाज पैदा करता है, पर कपड़े के लिए दूसरों पर निर्भर रहता है। मनुष्य जब पैदा होता है तो सबसे

असहाय पैदा होता है। उसे चलना, बोलना, खाना, पढ़ना सब दूसरों के द्वारा सिखाया जाता है। व्यक्ति का सुख-आनंद भी दूसरों पर निर्भर करता है। अकेले खाने, पीने, घूमने, फिरने, मेले-ठेले में जाने में आनंद नहीं आता। ब्याह-शादी आदि जैसे शुभ अवसरों पर हमारे यहाँ जब चार आदमी आते हैं तो हमारा सुख बढ़ता है। इसी प्रकार बीमारी-मृत्यु आदि दु:ख के प्रसंग पर कुछ लोग आते हैं तो सहायता की बजाय कभी-कभी वे समस्या बन जाते हैं। फिर भी दूसरों का साथ होने से दु:ख हलका पड़ जाता है, राहत मिलती है। तो व्यक्ति अकेला नहीं रह सकता। भौतिक, सामाजिक आदि सभी दृष्टियों से व्यक्ति दूसरों पर निर्भर है। अत: व्यक्ति स्वतंत्रता का नारा व्यर्थ है।

रवींद्रनाथ ठाकुर ने भी एक कविता में लिखा है कि व्यक्ति स्वतंत्र कहाँ है? भगवान् भी सृष्टि-निर्माण का बंधन अपने ऊपर लेकर ही नियमों में बँधा है। वह आग का गोला हाथ में लेने वाले को जलने से नहीं बचा सकता। केवल विशेष प्रकार का 'केमिकल' लगाने से ही बचा जा सकता है। कोई कहते हैं भगवान् सबकुछ कर सकता है, लेकिन यह भी ठीक नहीं। भगवान् अन्याय नहीं कर सकता, करेगा तो वह शैतान है। भगवान् तो न्याय ही करेगा। वह निरंकुश नहीं, नियम में बँधा है।

पूँजीवाद, समाजवाद, साम्यवाद आदि विचारधाराएँ

कई लोग स्वतंत्रता को निरंकुशता मान्ते हैं। पश्चिम का विचार है, "समाज, प्रकृति, सृष्टि सब चीज मेरे लिए हैं," यानी व्यक्ति के लिए हैं। वे कहते हैं, "प्रकृति पर विजय प्राप्त करो," अंग्रेजी में शब्द प्रयोग होता है—'Exploiting the natural resourses' अर्थात् हर वस्तु का अपने लिए उपयोग। सब पशुओं को काटो और खाओ, क्योंकि सब मेरे लिए हैं। वह उनकी कल्पना है। मैं बड़ा हूँ, अत: सब मेरे लिए। संसार में जो अन्य वस्तुएँ दिखती हैं, उनसे मनुष्य बड़ा अवश्य है, परंतु हमारे यहाँ बड़े की कल्पना यह है कि 'जो सबके लिए है, जो सबकी सेवा करे, वही बड़ा है।'

वे प्रकृति 'विजय' की बात करते हैं। वे एवरेस्ट पर चढ़ने को 'एवरेस्ट-विजय' (Conquest of Everest) कहते हैं। हम लोग भी हिमालय पर गए, अनेक चोटियों पर चढ़े, किंतु तपस्या करने का भाव लेकर। 'मैं जीतूँगा, मैं

ही सबसे बड़ा हूँ। सब मेरे लिए है' यह भावना अहंकार को जन्म देती है। इसी अहंकार में से पूँजीवाद आया, इसी में से समाजवाद आया।

समाजवाद भी जो आज का है, वह सच्चे अर्थों में समाजवाद नहीं है। वह भी एक प्रकार का व्यक्तिवाद है। वे कहते हैं—"मशीनवाला व्यक्ति को मजदूर रखता है। मजदूर को थोड़ा पैसा देता है। स्वयं अधिक उपभोग करता है।" ऐसा कहकर वे मजदूर में ईर्ष्या जगाते हैं कि "तेरे सहारे ये मोटर में घूमते हैं। मेहनत तू करता है, पर तू अकेला होने से कमजोर है। तुम सब मजदूर मिल जाओ।" इसमें समाज की कल्पना नहीं, ईर्ष्या का भाव ही प्रधान है।

साम्यवाद में भी मजदूरों की सत्ता है, समाज की नहीं। मजदूर एकत्र मिलता है तो मजदूर रूप में कुछ नहीं कर सकता। उसे कहा जाता है कि तुम अपनी सारी ताकत मुझे दे दो। इस प्रकार मजदूर की स्वतंत्रता भी चली जाती है। अतः यह भी एक समूह की तानाशाही (Dictatorship of the Proletariat) है, समाज की वास्तविक भावना नहीं है। यह भी व्यक्तिवादी विचारधारा है, फिर आगे जाकर व्यक्ति-स्वातंत्र्य भी छिन जाता है, यह विचारधारा संघर्ष पर आधारित है।

पूँजीवाद विचार में भी संघर्ष है। प्रतियोगिता इसका आधार है। इसमें भी 'सबलतम ही जीवित रहेगा', (Survival of the fittest) का सिद्धांत खड़ा होता है। साम्यवादी 'प्रतियोगिता' पर नहीं 'वर्ग संघर्ष' पर विश्वास करते हैं। यहाँ भी वर्ग की प्रतियोगिता हो जाती है। इस प्रकार पश्चिम में पूर्णता का विचार नहीं होता, टुकड़ों-टुकड़ों में होता है। हमारी दृष्टि में अपूर्णता का विचार अधूरा है।

संघर्ष नहीं, सहयोग

दुनिया में समर्थ (Fittest) ही जिंदा (survive) नहीं रहता, कमजोर भी जिंदा रहता है। सभ्यता का अर्थ ही यही है कि कमजोर की भी रक्षा हो सके। आयुर्वेद, चिकित्सा शास्त्र (मेडीकल साइंस) आदि की आवश्यकता इसीलिए है कि दुर्बल भी जीवित रह सके। सबल तो अपने आप जीवित रह लेगा। पुलिस भी इसलिए होती है कि दुर्बल की रक्षा हो। मात्स्य न्याय* न रहे,

* मात्स्य न्याय—बड़ी मछली द्वारा छोटी मछली को खाए जाने का नियम।

इसीलिए राज्य की स्थापना है। समर्थ दुर्बल को समाप्त न करे, इसलिए हम नियम व समाज बनाते हैं।

अत: जीवन का, समाज का आधार संघर्ष नहीं, सहयोग है। प्रकृति भी सहयोग के आधार पर चलती है। वनस्पति और मनुष्य प्राणिमात्र एक-दूसरे के पूरक बने हैं। दोनों में संघर्ष नहीं। हमें ऑक्सीजन की आवश्यकता है, वृक्षों को कार्बन डाइऑक्साइड की आवश्यकता है। इस प्रकार वनस्पति और मनुष्य एक-दूसरे के पूरक हैं।

दैवी और आसुरी भाव

कहीं-कहीं भेद व संघर्ष भी दिखते हैं, पर वे मूल में नहीं हैं, ऊपरी-ऊपरी हैं। भिन्नताएँ दिखती हैं, पर वे पूरक भी हो सकती हैं। लँगड़े व अंधे की प्रकृति भिन्न है। दोनों नहीं चल सकते, परंतु दोनों सहयोग द्वारा चल सकते हैं। भगवान् की सृष्टि में किसी में कोई कमी है, किसी में कोई। प्रकृति का अर्थ यही है कि अंधे और लँगड़े को जोड़ो, पूरकता पैदा करो। यही 'दैवीभाव' है। जहाँ पूरकता पैदा न हो, वहाँ 'आसुरी भाव' है। हमारे यहाँ यह कहा गया है कि कोई भी वनस्पति ऐसी नहीं है, जो ओषधि का काम नहीं देती हो।[3] आक नामक वनस्पति वैसे ही खा जाना हानिकारक है, परंतु उसकी ओषधि बनाकर रोगी को देना लाभदायक है। तो रोगी और ओषधि का मेल बिठाना आवश्यक है।

पश्चिमी द्वैत और भारतीय अद्वैत

अत: सृष्टि में संघर्ष ढूँढ़ना ठीक नहीं। जहाँ संघर्ष हो, वहाँ भी एकता निर्माण करना, यह हमारी परंपरा है। पश्चिम ने 'भेद' को ढूँढ़कर उसे बढ़ाने का सोचा। 'सबको हटाकर मैं जीवित रहूँ' यह परंपरा भेद उत्पन्न करने की है। वहाँ द्वैत भाव प्रारंभ से है। कुछ कहते हैं बाइबल में भगवान् व शैतान की कल्पना में ही यह द्वैत भाव आया है। इसी प्रकार की डार्विन और मार्क्स की कल्पना है। हमारे यहाँ अद्वैत है, अभेद है। द्वैत, जो कुछ दिखता है, वे

---

3. अमन्त्रं अक्षरो नास्ति, नास्ति मूलम् अनौषधौ।
अयोग्यो पुरुषो नास्ति, योजकस्त्र दुर्लभः॥

बाहरी हैं, उनमें एकता कैसे पैदा की जाए। विवाह से पति और पत्नी दो होते हुए भी हमारे यहाँ एक हो जाते हैं।* परंतु पश्चिम में दोनों समझौते में बँधते हैं, पर एक नहीं होते। वे इसे समझौता (Contract) मानते हैं, जब तक निभे ठीक है, आगे टूट भी सकता है। हम पति-पत्नी को एक मानते हैं, इस जीवन में, पिछले जीवन में और भावी जीवन में भी एक। सती पार्वती ने पूर्व जन्म में भी शिव से विवाह किया था, अगले जीवन में भी शिव से ही विवाह किया। तो जीवन की यह एकता, पूर्ण अभेदता हमारे जीवन की विशेषता है।

संघर्ष नहीं एकात्मता का आधार

पश्चिम में सभी बातों में भेद है। साम्यवाद में भी साम्य नहीं है। वर्ग-भेद और संघर्ष ही उसका आधार है। हमने संघर्ष को आधार नहीं माना। संघर्ष यहाँ भी हो सकता है, पर वह हमारी प्रकृति नहीं, आधार नहीं। हमने ईर्ष्या, द्वेष आदि को षड्‌रिपु[4] माना। हमने इस संघर्ष को, दुर्गुण को आधार नहीं बनाया। हमारा आधार एकात्मकता का है, सद्‌गुणों का है। यहाँ भी छुआछूत, जाति-पाँति आदि अनेक दुर्गुण उत्पन्न हुए, परंतु हमने उन्हें मिटाने के प्रयत्न किए। जैसे संत रामानंद ने कहा—

जाति पाँति पूछे नहिं कोई।
हरि को भजे सो हरि का होई॥

स्वार्थ और परमार्थ

हम न पूँजीवाद को मानते हैं, न समाजवाद को, हम तो एकात्मवाद को मानते हैं। एकता संघता को मानते हैं। हम में एक आत्मा है। इस एकात्म्य में दैवी संपत्ति है। हम दैवी भावों को प्रमुख मानकर, आधार मानकर प्रगति करते हैं। पश्चिम वाले आसुरी भावों को आधार बनाकर चलते हैं। उन्होंने

---

* अर्धनारीश्वर की अवधारणा।

4. षड्‌रिपु (1) काम (2) क्रोध (3) मद (4) लोभ (5) मोह) (6) मत्सर। महाभारत अनुशासनपर्व में कुछ भिन्न प्रकार से कहा गया है—

अस्याः षड् विजेतव्या नित्यं स्वदेहमाश्रिताः।
कामक्रोधौ च लोभश्च मानमोहौ मदस्तथा॥

स्वार्थ को प्रमुख माना, हमने परमार्थ को प्रधानता दी। मनुष्य में स्वार्थ व परमार्थ दोनों होते हैं, लेकिन परमार्थ भाव प्रमुख है। यह दैवी कल्पना है।

पश्चिम ने परमार्थ को भी स्वार्थ के आधार पर माना है। उनका राज्यशास्त्र, समाजशास्त्र, अर्थशास्त्र—सब स्वार्थ (Self-interest) पर आधारित है। वहाँ दस लोग इसलिए मिलते हैं कि उसमें अपना कितना हित है। अकेले या दस मिलकर हम आग से अपनी रक्षा नहीं कर सकते, यह विचार रखकर निजी स्वार्थ के लिए सौ लोग मिल जाते हैं, सेवा के उद्देश्य से नहीं। आक्रमण में रक्षा के लिए अनेक मिल जाते हैं। आक्रमण न हो तो दूसरे पर आक्रमण कर देते हैं। परंतु हमारा परमार्थ विधायक है—सेवाभाव व परोपकार पर आधारित है। सुख में तो सेवा करेंगे ही, दुःख उठाना पड़े तो भी सेवा करेंगे। वहाँ किसान को कहा जाता है कि जीवन-स्तर (Standard of living) बढ़ाने के लिए अधिक अन्न पैदा करो। वहाँ किसान इसलिए अधिक अन्न पैदा करता है, ताकि वह अधिक कमाकर अधिक सुखी हो सके, पर हमारे यहाँ किसान उसे अपना कर्तव्य समझकर सबको—चींटी, चिड़िया, गाय, कुत्ता, मनुष्य—को खिलाने की इच्छा से यज्ञकर्म समझकर अन्नोत्पादन करता है।[5]

हमारी प्रकृति ब्रह्मनिष्ठ

पश्चिम की संपूर्ण संस्कृति व्यक्तिनिष्ठ है। हमारी संस्कृति समाजनिष्ठ से भी बढ़कर ब्रह्मनिष्ठ है। एक अर्थशास्त्री मुझसे मिले, कहने लगे—"हिंदुस्तान में लोग चींटी और बंदरों को जितना खिलाते हैं, वह बंद कर दें तो भूख से मरनेवालों की संख्या आधी रह जाएगी।" मैंने कहा, "यदि आप सब एक माह में चार दिन उपवास करें तो कितनों को भोजन मिल जाए? बीमार होने पर दवा न लें तो कितनी बचत हो जाए?"

इस प्रकार हमारी प्रकृति ब्रह्मनिष्ठ है। जिनको हम देख नहीं पाते, ऐसे सबको संपूर्ण सृष्टि को केंद्र मानकर चलते हैं। हम केंद्र की ओर चलते हैं, वे बाहर की ओर चलते हैं। केंद्र की ओर चलने से हम केंद्र के निकट आते हैं। वहाँ जितने व्यक्ति उतने ही केंद्र हैं, वे केंद्र से बाहर चलते हैं, अतः केंद्र

5. देखिए परिशिष्ट 1

से दूर चले जाते हैं। हमारा यह केंद्र ईश्वर, आत्मा, ब्रह्म—कुछ भी कहें—हैं। इसलिए हम सबमें एक आत्मा मानते हैं। पश्चिम वाले सबको यंत्रवत् मानते हैं, समाज भी उनके लिए एक यंत्र है। हम समाज, राज्य, राष्ट्र सब में ईश्वर या चैतन्य मानते हैं। हम संपूर्ण विश्व में एक चैतन्य की कल्पना करते हैं—ईश्वर सब में मौजूद है। हम आत्मवादी हैं, वे अनात्मवादी हैं, जड़वादी हैं। हम समाज राष्ट्र को भी आत्मा ईश्वर का रूप मानकर चलते हैं, वे केवल यंत्रवत् राष्ट्र की कल्पना लेकर चलते हैं।

समानता नहीं, आत्मीयता

वे ज्यादा-से-ज्यादा समानता (Equality) का नारा लगाते हैं। हम समानता की नहीं, एकात्मता (Unity) की बात करते हैं। समानता तो भाई-भाई में भी नहीं है। इस संसार में अनेकत्व है। उसमें एकता लाई जा सकती है। उन्होंने समानता लाने के लिए सबको वोट देने का समान अधिकार दिया, परंतु सबको समान बुद्धि दे पाए क्या? वे कहने लगे—हम सबको प्रगति का समान अवसर देंगे। तो यह भी केवल नारा है। दक्षिण में रहनेवाले को उत्तर का जलवायु कैसे देंगे? नदी के किनारे निवास करनेवाले को तैरने का अवसर रहता है, दूसरों को कैसे देंगे? घर में बच्चे को दूध दिया जाता है, बड़े को रोटी। बड़ा कहे, मुझे रोटी देते हो, उसे भी रोटी दो और बड़े के विवाह के अवसर पर यदि छोटा कहे कि मैं भी इसी समय विवाह करूँगा, तो यह ठीक होगा क्या? भगवान् ने चींटी को कण भर और हाथी को मन भर दिया। आज तो चींटी भी कहती है कि मुझे मन भर दो। यदि हाथी कह दे कि मेरे हिस्से का वजन तुम भी उठाओ तो ये दोनों बातें कैसे संभव होंगी? अतः हमारे जीवन का आधार समानता नहीं, आत्मीयता है; हमारा आधार संघर्ष और स्वार्थ नहीं! हम प्रत्येक व्यक्ति को ईश्वर का अंश मानते हैं। हमने कहा कि चोर में भी ईश्वर का अंश है, अतः यह सेवा करेगा।

हैवान आदम और करुणामय मनु

पश्चिम में आदम और हौआ की कथा इस प्रकार है कि आदम ने सेव चुराया तो उसे स्वर्ग से पृथ्वी पर गिरा दिया। तो उनके सामने आदम की

कल्पना चोरी करने की है। हमारे सामने मनु की कल्पना है, जिसने प्रलयकाल में मछली की रक्षा की। संसार को, प्राणिमात्र को संरक्षण दिया। इस प्रकार हमारी मनु की कल्पना करुणामय की है, जबकि उनके आदम की कल्पना हैवान की—चोर की है।

यह दोनों के जीवन की दृष्टि का अंतर है। इस अंतर को समझ लेने से हमें पता चलेगा कि हमारी संस्कृति क्या है? एकात्म मानव क्या है?

—4 जून, 1964, संघ शिक्षा वर्ग, उदयपुर (राज.)

परिशिष्ट-1

राजस्थान में जब किसान हल जोतते हैं, तो स्यावड़ माता का स्मरण कर निम्न पद बोलते हैं—

स्यावड़ माता रो सिमरण

स्यावड़ माता सतकरी
दाणा-फाका भोत करी
बैण-सुभासणी रै भाग रो देई
चीड़ी-कमेड़ी रै राग रो देई
राही-भाई रो देई
ध्यांणी अर जवांई रो देई
घर आयो साधु भूखो न जा
बामण दादो धाप'र खा
सुन्ना डांगर खा धापै
चोर चकोर लेज्या आपै
कारूँआ रै भेले ने देई
राजाजी रै से'लै ने देई
सुणीजै माता सूरी
छत्तीस कौमां पूरी
फेर तेरी बखारी में ऊबरै

तो मेरे टाबरा नै ई देई
स्यावड़ माता, सत की दाता

(अर्थात् हे सत् करनेवाली स्यावड़ माता! पर्याप्त खाद्यान्न उत्पन्न करना। ससुराल गई बहन-बुवा के भाग्य का देना, पक्षियों की आवश्यकता को पूरा करना। राहगीर भाई-बंधुओं के लिए देना। अपने जँवाइयों के लिए देना। घर में आया कोई साधु भूखा न रहे, श्रेष्ठ ब्राह्मण पेट भरकर खाए। आवारा पशु भी पूरा खा सकें। चोर-चकोर भी अपनी जरूरत पूरी कर सकें। कारू अर्थात् खेती न करनेवाले कुम्हार, नाई, खाती आदि इनके लिए भी देना, शासन अच्छा चले, उनके लिए भी देना। हे सब की माता! सुनो, छत्तीस कौमों की जरूरत पूरी करो। उसके बाद तुम्हारे भंडार में कुछ बचे तो मेरे बच्चों के लिए भी देना। हे स्यावड़ माता! तुम्हीं सब को सत् देनेवाली हो।)

स्रोत : डॉ. किरण चंद नाहटा, बीकानेर

□

भू-सांस्कृतिक राष्ट्रवाद

"राष्ट्रीयत्व के विकास में स्वदेश का महत्त्व सबसे अधिक होता है। अत: हर युग में स्वत: ही अपनी संपूर्ण मातृभूमि के दर्शन हों, ऐसा प्रयत्न किया गया। किसी भी मत अथवा संप्रदाय को माननेवाले क्यों न हों, उनके सम्मुख हिमालय से कन्याकुमारी तक आसिंधु-सिंधुपर्यंत भारत का चित्र रहता था। प्रत्येक संप्रदाय के आचार्य ने यही प्रयत्न किया कि उनके संप्रदाय के लोग संपूर्ण भारत को पवित्र मानें। इतना ही नहीं, भारत की इस एकता का प्रत्यक्ष ज्ञान कर सकें, इसीलिए प्रत्येक संप्रदाय में तीर्थयात्रा की पद्धति प्रचलित हुई। ये तीर्थ तो भारत के एक छोर से लेकर दूसरे छोर तक बिखरे हुए हैं। सूर्य के बारह मंदिर, गणपत्यों के द्वादश विनायक, शैवों के अठारहों ज्योतिलिंग, शाक्तों के इक्यावन शक्ति क्षेत्र तथा वैष्णवों के अगणित तीर्थ क्षेत्र संपूर्ण भारत में बिखरे पड़े हैं।...मर्यादा पुरुषोत्तम राम की दक्षिण यात्रा ने उत्तर-दक्षिण का जो गठबंधन किया, वह जनसाधारण के आचार-विचार और भावना में अटूट हो गए। महाभारतकार ने इसी एकता को दिखाने के लिए एक बार नहीं, बार-बार भारत का एक छोर से लेकर दूसरे छोर तक अत्यंत भावुकतापूर्ण वर्णन किया है। पुराणकारों ने भारत की भूमि के कण-कण की पवित्रता का गुणगान किया है।"

—दीनदयाल उपाध्याय

व्यक्ति और समाज

कल हम लोगों ने विचार किया था कि हम जीवन के संबंध में एकात्मक और पूर्णतावादी दृष्टिकोण लेकर चले। हम समाज में किसी भी प्रकार का द्वैत तथा उस द्वैत के आधार पर कोई स्थायी संघर्ष मानकर नहीं चलते। हम जब यह संघर्ष ही नहीं मानते तो हमारे जितने भी कर्म हैं, उनका लक्ष्य किसी का कुछ छीनना या अपने स्वत्व की रक्षा करना या जिसे अंग्रेजी में 'राइट्स' कहते हैं, उनके लिए लड़ना नहीं है। हमें तो पूर्णता का साक्षात्कार कर उसकी अभिव्यक्ति के लिए जीवित रहना है, कर्तव्य ही हमारी जीवन-रचना का आधार है। आज इसी के संबंध में कुछ और विचार करेंगे।

जब हम पूर्णता की बात करते हैं, तब हम व्यक्ति के संबंध में भी विचार करें कि व्यक्ति का उत्कर्ष किसमें है? व्यक्ति का सुख किसमें है? सामान्यतया यही दिखता है कि व्यक्ति का सुख उसकी इच्छाओं और वासनाओं की तृप्ति में है।

शरीर, मन, बुद्धि तथा आत्मा का सुख

कई लोग इस शरीर को या पेट को ही सबकुछ मानते हैं। यह भर गया तो सब भर गया। सारी दुनियाँ इसी के लिए चिंता करती है। रोटी ही सर्वस्व है, उसके साथ-साथ दूसरी भौतिक इच्छाएँ भी पूर्ण हो जाएँ, तो समझते हैं कि सब इच्छाएँ पूर्ण हो गईं। परंतु यह सत्य नहीं है कि रोटी मिल गई तो सबकुछ मिल गया। कई बार पेट भरने पर भी व्यक्ति को सुख नहीं मिलता। फिर रोटी के सुख की भी कोई मर्यादा नहीं। जिसे रोटी नहीं मिलती, वह

रोटी चाहता है। जिसे रोटी मिली, वह चुपड़ी चाहता है; फिर दाल और साग को भी आवश्यक समझने लगता है।

अभी नागपुर में भी अपना वर्ग लग रहा है। वहाँ प्रातः तो दाल, साग, चावल, रोटी सब बनता है। सायंकाल साग नहीं बनता, केवल दाल बनती है। एक स्वयंसेवक ने कहा कि घर पर हम कभी केवल दाल नहीं खाते, शाम को साग न मिलना हमारे साथ अन्याय है। भोजन व्यवस्थापक ने कहा, यहाँ हम प्रातः साग बनाते हैं, जिससे कई ऐसे लोगों पर अन्याय होता है, जो घर पर प्रातः कभी साग नहीं खाते और आप पर सायंकाल अन्याय होता है। अब क्या करें? साग के बाद चटनी की भी इच्छा होती है और फिर अनेक व्यंजन, मिठाइयों आदि की भी इच्छा होने लगती है। तो इसकी कोई मर्यादा नहीं है। और इसमें भी कब सुख मिले? यह कोई नहीं बता सकता। आपने जगन्नाथराव जोशी का नाम सुना होगा। मध्याह्न को, जब वे भोजन कर लेते हैं तो कहते हैं, आज वो शाम को भोजन नहीं करेंगे। लेकिन शाम निकट आते-आते भोजन पचने लगता है, भूख लगने लगती है और फिर भोजन करने का विचार आता है। उनका यह क्रम प्रत्येक बार भोजन के पश्चात् चलता है।

यह सबकुछ रोटी तथा व्यंजन का क्रम तो चलता ही है, लेकिन कभी-कभी रोटी के साथ स्नेह नहीं मिले तो संतोष नहीं होता। मुझे एक दिन एक निमंत्रण आया। मैंने दूसरे साथी से कहा, "आप भी चलिए।" तो उन्होंने कहा, "आप जाइए, मुझे निमंत्रण नहीं है।" निमंत्रण न होने से वे भोजन करने नहीं गए, हालाँकि वहाँ कार्यालय में रहने के कारण होटल के अतिरिक्त अन्य स्थान पर उनके लिए भोजन की व्यवस्था संभव नहीं थी। मेरे साथ जाते तो घर का अच्छा स्वादिष्ट भोजन मिल सकता था। लेकिन वे नहीं गए। केवल भोजन नहीं वरन् आदर सहित भोजन चाहिए। तो जो लोग यह कहते हैं कि 'पेट पापी', यह बात ठीक नहीं।

केवल पेट का सुख ही सुख नहीं, मन का सुख भी तो कुछ है। कई बड़े सेठों को पेट भरने की तो कमी नहीं है, अजीर्ण होता रहता है, इतना अधिक खाने को मिलता है। फिर भी इतने दुःखी रहते हैं कि रात-रात भर नींद नहीं आती। दिन-रात परिश्रम करते रहते हैं। क्या केवल पेट भरने के

लिए? अमेरिका में लोगों को खाने की कमी नहीं, फिर भी वे बड़े परेशान रहते हैं। रहीम ने भी कहा है—

रहिमन पेट सों कहत है, क्यों न भई तू पीठ।
रीते मान बिगारि है, भरे बिगारे दीठ॥

(अर्थात् रहीमजी पेट से कहते हैं, तू पीठ क्यों नहीं हुआ। तू यदि खाली रहता है तो मान बिगाड़ देता है (व्यक्ति को गरीबी की शर्म आती है) और जब तू भर जाता है, तो दृष्टि बिगाड़ देता है (व्यक्ति को अमीरी का घमंड हो जाता है।) अतः पेट का खाली रहना और भरना दोनों ही समस्या-मूलक है।)

तो पेट भरने के बाद भी सारी बुराइयाँ आती हैं। पेट भरने के बाद दृष्टि न बिगड़े, मन में विकार नहीं हो। खाने को ठीक मिले और मन भी ठीक रहे। अतः शरीर के साथ-साथ मन का भी सुख चाहिए। यदि मन का सुख नहीं तो शरीर सुख भी सुख नहीं लगता। कहा भी है—'मन चंगा तो कठौती में गंगा'। मन ठीक न रहने पर खाना-पीना कुछ अच्छा नहीं लगता, चिड़चिड़ापन रहता है। कई बार माँ बालक को दूध पीने को कहती है, परंतु बालक उदासी के कारण कई बार नहीं पीता। मन में उदासी आने से मनुष्य सब चीजें छोड़ देता है। आखिर महाराणा प्रताप ने मानसिंह के साथ भोजन क्यों नहीं किया? केवल मन के कारण। मन ठीक होने पर ही भोजन भी अच्छा लगता है। मन ठीक रहा तो खराब भोजन मिलने पर भी संतोष रहता है। रूखी रोटी खाकर भी पहलवान बन जाता है, अन्यथा अच्छे पकवान खाकर भी सींकिया ही रहेगा। कठघरे में शेर रख लो और सामने बकरी को बाँधकर खूब खिलाते जाओ, पर वह दुबली ही होती जाती है। फाँसी की सजा पाने वाले को खूब खिलाते-पिलाते हैं, परंतु कोई-कोई तो मन-मस्त होने से मोटा हो जाता है, पर शेष दुबले हो जाते हैं। इसलिए तुलसीदास ने कहा है—

आव नहीं, आदर नहीं, नैनन नहीं सनेह।[1]

---

1. भिन्न पाठ—देखत जो हरखै नहीं, नयनन नहीं नेह।
तुलसी वहाँ न जाइए, कंचन बरसे मेह॥

ऐसे गेह न जाइए कंचन बरसे मेह॥

(अर्थात् जहाँ आपको आमंत्रण नहीं है और आपका सम्मान नहीं है। ऐसी जगह पर नहीं जाना चाहिए, चाहे वहाँ सोने की वर्षा हो रही हो।)

कृष्ण दुर्योधन के यहाँ भोजन करने नहीं गए, विदुर के यहाँ गए। केले के छिलके भी खा लिये, क्योंकि वहाँ प्रेम था। घर में माँ के हाथ की रोटी के आगे दूसरे स्थान के सब व्यंजन फीके लगते हैं, क्योंकि उसमें प्रेम होता है। भीम चाहे जितना खा लेता था, फिर भी जब तक वह कुंती माता के हाथ की रोटी नहीं खाता था, उसकी तृप्ति नहीं होती थी। इसलिए मन का समाधान मुख्य है।

मन के समाधान के साथ-साथ बुद्धि का समाधान भी चाहिए। पागलखाने के रोगी को मन का समाधान होने पर भी बुद्धि ठीक न रहने से वह दुखी रहता है। अतः बुद्धि भी ठिकाने चाहिए। वह भी सद्बुद्धि चाहिए। अब पाश्चात्य विद्वान् भी मानने लगे हैं कि बुद्धि में भी रोग होते हैं। चेतन-अचेतन मन में भी रोग होते हैं। बहुत सी ऐसी बातें होती हैं, जिन्हें मनुष्य याद होने पर भी भूल जाता है। मनुष्य गलती करता है, तब वह बहुत परेशान हो जाता है। इसलिए बुद्धि ठीक रहे, यह आवश्यक है।

जैसे बुद्धि का सुख आवश्यक है, उसी प्रकार आत्मा का सुख भी आवश्यक है। कई कहते हैं—आत्मा निर्लेप है, फिर आत्मा का सुख कैसा? लेकिन कई बार हम मोर नाचता देखते हैं तो हर्ष होता है। कोई अच्छा काम करने पर हमारी प्रशंसा हो तो सुख होता है। तो यह किसका सुख—मन का, बुद्धि का या आत्मा का? ऐसे ही किसी ने गाली दी तो दुःख होता है, इससे शरीर को तो पीड़ा नहीं होती। फिर दुःख क्यों होता है? क्योंकि 'मुझे' गाली दी। यहाँ 'मैं' का विचार हुआ। शरीर, मन और बुद्धि के अतिरिक्त भी कुछ है, जिसे 'मैं' कहते हैं। वह 'मैं' ही आत्मा है। जिससे आत्मा का संबंध जुड़ता है, वही अपना है। जब तक यह नहीं जुड़ता, तब तक पराया।

मैंने एक कहानी पढ़ी थी। एक सिपाही मोरचे पर गया था। वह घर पर अपनी पत्नी और दस दिन के एक छोटे से बच्चे को छोड़ गया था। साल-डेढ़ साल युद्ध के मोरचे पर रहने के बाद वह छुट्टी पर गाँव को लौट रहा था। रास्ते में एक सराय में ठहरा। रात को सोने लगा तो बच्चे का चित्र

सामने आया। सोचा, वह बड़ा हो गया होगा। वह उसके लिए खिलौने, मिठाई आदि ले जा रहा था। इतने में उसे एक बच्चे के रोने की आवाज सुनाई दी। उसने सराय के मालिक से कहा, इस प्रकार बच्चा रोता रहेगा तो उसे रात भर नींद नहीं आएगी। सराय के मालिक ने बच्चे की माँ को उसका रोना बंद कराने को कहा। माँ ने प्रयत्न किया, लेकिन बच्चा और भी अधिक रोने लगा। सिपाही ने फिर सराय के मालिक को बुलाया और कहा कि रोना बंद न हो तो उसे सराय से बाहर निकाल दो। मालिक ने कहा कि वह अँधेरी रात में कहीं जाने को तैयार नहीं। सिपाही ने कहा कि तुम नहीं निकाल सकते तो मैं निकाल दूँगा। इतना कहकर वह उस स्त्री के पास गया। वह बच्चे को मना कर रही थी। उसने देखा कि वह तो उसकी अपनी ही पत्नी है। उसका सारा क्रोध शांत हो गया और वह उस बच्चे को अपनी गोद में लेकर उसे मनाने लगा।

यह परिवर्तन अपनेपन के कारण हुआ। यह अपनेपन का भाव ही हमें संतोष दिलाता है। यह संबंध जोड़ने की प्रवृत्ति अपनेपन की प्रवृत्ति है, यही आत्मीयता है।

इस प्रकार शरीर, मन, बुद्धि एवं आत्मा का समुच्चय ही व्यक्ति है तो यह सुख शरीर, मन, बुद्धि और आत्मा का सुख है। इन चारों का सुख मनुष्य का सुख है। इन चारों की उन्नति, हित और उत्कर्ष हो, यह आवश्यक है। केवल एक का ही विचार करना अपूर्ण है। हमारे यहाँ तो इन चारों के अतिरिक्त पूर्वजन्म का विचार भी है। पर कम-से-कम इस जन्म में तो इन चारों का विचार अवश्य करें।

समूह का भी शरीर, मन, बुद्धि और आत्मा

जिस प्रकार व्यक्ति का विचार करते समय हम इन चारों का विचार करते हैं, उसी प्रकार समष्टि या समूह का विचार करते समय भी इन चारों का विचार करना चाहिए। क्योंकि समूह का भी शरीर, मन, बुद्धि और आत्मा होते हैं। एक छोटे से उदाहरण से हम समझने का प्रयत्न करें। जैसे 40 लोगों का एक क्लब है। तो 40 लोग मिलकर उस क्लब का एक शरीर हैं। उनकी यह इच्छा या संकल्प कि हम क्लब बनाते हैं, यह क्लब का मन है। यह

इच्छा उनमें से निकाल दें तो क्लब नहीं चलेगा। इस इच्छा के कारण वे चालीस लोग एक साथ आते हैं। फिर उस इच्छा की पूर्ति के लिए कुछ व्यवस्था करते हैं, नियम बनाते हैं, चंदा आदि एकत्र करने के नियम, पदाधिकारियों के चुनाव आदि के नियम, इस प्रकार बुद्धिपूर्वक व्यवस्था करते हैं। उससे क्लब टिकता है। केवल इच्छा से क्लब नहीं टिकता। तो इस व्यवस्था में तर्क है, बुद्धि है। परंतु इसके अतिरिक्त उस क्लब का कुछ उद्देश्य या आदर्श भी होता है मनोरंजन का, स्वास्थ्य का। इसी प्रकार अन्य भिन्न-भिन्न संस्थाएँ जो बनती हैं, उनमें भी ये चारों चीजें होती हैं। जैसे एक व्यक्ति में शरीर, मन, बुद्धि, आत्मा रहती है, उसी प्रकार समष्टि में भी चाहे कितने ही व्यक्ति हों, तो भी एक शरीर, एक साथ रहने की इच्छा अर्थात् मन, एक व्यवस्था अर्थात् बुद्धि, एक आदर्श अर्थात् आत्मा रहती है।

समाज की सबसे बड़ी इकाई राष्ट्र

विश्व में आज समष्टि की सबसे बड़ी इकाई 'राष्ट्र' है। अतः राष्ट्र की दृष्टि से भी विचार करें तो राष्ट्र के लिए चार बातों की आवश्यकता रहती है। प्रथम आवश्यकता है देश। देश भूमि और जन—दोनों को मिलाकर बनता है। केवल भूमि ही देश नहीं। किसी भूमि पर एक जन (समाज) रहता हो और वह उस भूमि को माँ के रूप में पूज्य समझे, तभी वह देश कहलाता है। जैसे दक्षिणी ध्रुव में कोई नहीं रहता, तो वह देश नहीं है। किंतु भारत में हम रहते हैं, हम इसे माँ मानते हैं, इसलिए यह देश है। दूसरी आवश्यकता है सबकी इच्छाशक्ति, याने सामूहिक जीवन का संकल्प। तीसरी एक व्यवस्था, जिसे नियम या संविधान कह सकते हैं, इसके लिए हमारे यहाँ सबसे अच्छा शब्द प्रयुक्त हुआ है 'धर्म'। और चौथी है जीवन-आदर्श अर्थात् संस्कृति। इन चारों का समुच्चय यानी राष्ट्र।

जिस प्रकार शरीर, मन, बुद्धि और आत्मा के समुच्चय से व्यक्ति बनता है, उसी प्रकार देश, संकल्प, धर्म और आदर्श के समुच्चय से राष्ट्र बनता है।

यदि हम इसका एक चित्र बनाएँ तो वह चित्र एक घन (Cube) की आकृति का बन जाएगा, जो इस प्रकार का होगा—(देखें आकृति-1)

एकात्म मानवदर्शन : समाज व्यवस्था घन

व्यष्टि-समष्टि समन्वय

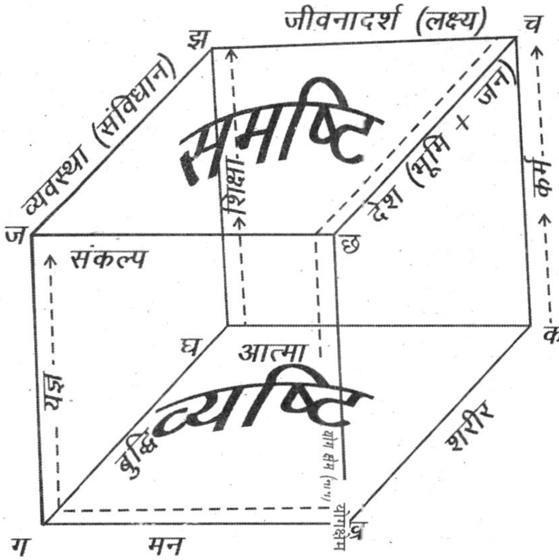

आकृति-1

इस आकृति में—

क+ख = शरीर	च+छ = भूमि+जन = देश
ख+ग = मन	छ+ज = संकल्प
ग+घ =बुद्धि	ज+झ = धर्म (संविधान)
घ+क = आत्मा	झ+च = जीवनादर्श (लक्ष्य)
क+ख+ग+घ = व्यष्टि	च+छ+ज+झ = समष्टि (राष्ट्र)

क+च = कर्म

ख+छ = भोग (योगक्षेम)

ज+ग = यज्ञ

झ+घ = शिक्षा (संस्कार)

जैसे व्यक्ति में शरीर, मन, बुद्धि व आत्मा होते हैं, उसी प्रकार समूह

में जन, संकल्प, धर्म और आदर्श होते हैं। इस प्रकार ये दो इकाइयाँ बनती हैं। ये दोनों इकाइयाँ एक-दूसरे से जुड़ी हुई हैं।

व्यक्ति : समाज की देन

व्यक्ति जब पैदा होता है तो उसका सारा जीवन समाज पर निर्भर करता है। समाज शिक्षा के माध्यम से व्यक्ति को बनाता है। समाज से यदि शिक्षा या संस्कार न मिले तो मनुष्य मनुष्य नहीं दिखता। लखनऊ के अजायबघर में एक मनुष्य है। बचपन में उसे भेड़िया उठा ले गया था। अब वह बोल नहीं सकता, भैं-भैं करता है। हाथ से उठाकर नहीं खाता है, जबान से उठाकर खाता है। वह सब काम भेड़िये की तरह करता है। मनुष्य समाज द्वारा ही मनुष्य बनता है। समाज हमें बोलना, भोजन करना, बुद्धि से सोचना सिखाता है। हमारी विचार-प्रक्रिया को समाज ही चालना देता है।

बुद्धि भी समाज से ही सक्रिय होती है। शरीर भी, जो आज हमारा शरीर है, वह भी समाज के द्वारा ही सक्रिय है। समाज के द्वारा हम खाना, पीना, चलना सीखते हैं। इसके अलावा अन्य कई बातें भी हम समाज से सीखते हैं। हम सब पालथी मारकर बैठ सकते हैं, यह भी हमने समाज से सीखा है। पश्चिम में लोग पालथी मारकर नहीं बैठ सकते। उनके पाँव मुड़ते ही नहीं। अफ्रीका में मैंने देखा, वहाँ काम करनेवाली औरतें या तो पैर फैलाकर बैठती हैं या खड़ी रहकर काम करती हैं। तो जो कुछ छोटी-से-छोटी बात हम सीखते हैं, वह सब समाज से सीखते हैं। जो कुछ हम आज हैं, समाज की ही देन हैं।

शिक्षा से कर्म

व्यक्ति और समाज का पहला संबंध शिक्षा के रूप में सामने आता है। यह शिक्षा ही व्यक्ति और समाज को मिला देती है। व्यक्ति को पैदा होते ही समाज शिक्षा देना प्रारंभ कर देता है। दूध पीना भी सीखना पड़ता है। फिर शिक्षा का संस्कार बढ़ता जाता है। माता, पिता, गुरु आदि के द्वारा जैसा सिखाया जाता है, व्यक्ति वैसे ही कर्म करना प्रारंभ करता है। वह समाज के लिए कर्म करता है। सामान्य लोगों को दिखता है कि वह अपने लिए कर्म

करता है। लेकिन वास्तव में ऐसा नहीं है। वह कर्म के द्वारा समाज से जुड़ता है। उदाहरण के लिए, किसान अनाज क्या अपने ही लिये पैदा करता है? नहीं, वह समाज के लिए पैदा करता है।

कर्म से योगक्षेम

व्यक्ति जितने भी कर्म करता है, वे समाज के लिए हैं। समाज उसके योगक्षेम* (भोग) की चिंता करता है। समाज ने हमको शिक्षा देकर कपड़ा बुनना सिखाया। हमने कपड़ा बुना, जितना बुना, हम सब-का-सब खुद नहीं पहनते। वह हम समाज को दे देंगे। मान लो, समाज हमें कपड़े के बदले एक हजार रुपए दे देता है। अब समाज ने इसका मूल्य बराबर दिया या नहीं? कई कहते हैं कि समाज कभी बराबरी का मूल्य नहीं देता। लोग इस मूल्य के संबंध में तरह-तरह के विचार रखते हैं। मार्क्सवादी कहते हैं कि श्रम के आधार पर मूल्य निर्धारण करना चाहिए। मार्क्स ने सारा सिद्धांत इसी आधार पर बनाया कि मजदूर श्रम करता है, उससे मूल्य निर्माण करता है, किंतु पूँजीपति उसमें से रख लेते हैं। यह श्रम का शोषण है। पर यह सत्य है क्या? मानो उसने दो हजार रुपए का कपड़ा बनाया। मालिक ने उसे केवल एक हजार रुपया दिया, शेष एक हजार का शोषण कर लिया, यह सत्य नहीं। क्योंकि मजदूर केवल श्रम के बल पर इतना नहीं कर सकता। इसमें पूँजीपति की पूँजी, उसकी मशीन, बुद्धि, उसकी बाजार में बेचने की क्षमता का मूल्य भी सम्मिलित है। फिर इसका मूल्य दो हजार से अधिक भी हो सकता है और कम भी। अतः श्रम से मूल्य का निर्धारण नहीं होता, बल्कि उपयोगिता के आधार पर होता है, वह भी समय-समय पर अलग-अलग होता है। अतः श्रम (कर्म) और पारिश्रमिक का मेल मत बिठाओ। दुनियाँ की दृष्टि में मूल्य बदलता रहता है। परंतु वास्तव में श्रम का मूल्य चुकाने की कोई सीमा नहीं है।

अध्यापक, जो विद्या देता है, उसका मूल्य रुपए में नहीं चुकाया जा सकता। किसी ने नदी में तैरना सिखाया, उसे कितना मूल्य चुकाया जा

* योगक्षेम :रोटी, कपड़ा और मकान।
शिक्षा, स्वस्थ्य और सम्मान॥

सकता है? कभी उससे कितनों के प्राणों की रक्षा की जा सकती है। डाकिया शुभ संदेश भी लाता है, अशुभ भी। उसे क्या पारिश्रमिक देंगे? डॉक्टर ने आपको मृत्यु से बचा दिया, उसे क्या आपके द्वारा अपने जीवन की आमदनी का एक प्रतिशत भी देना कम नहीं रहेगा? इस प्रकार मनुष्य का काम और उसके बदले में जो मिलता है, उसका कोई मेल नहीं। कर्म का मूल्य चुकाना असंभव है। इसलिए हमारे यहाँ पहले यह सब काम सेवा कार्य के नाते ही किए जाते थे। रुपए-पैसे में इनका मूल्य नहीं मापा जाता था। सेवा करना ही हमारा धर्म है। शेष सब चिंता समष्टि पर डाल देनी चाहिए। गीता में भी निष्काम कर्म करने को कहा गया है। भगवान् ने कहा है कि सबकुछ मुझे अर्पण कर दो, तुम्हारे योगक्षेम की चिंता मैं करूँगा 'योगक्षेमं वहाम्यहम्।'[2]

पश्चिम में जो यह नारा लगाया जाता है कि कमानेवाला ही खाएगा, यह ठीक नहीं। छोटा बालक व रोगी नहीं कमाता, फिर भी खाता है। जो जीवित है, वह खाएगा। कमाई (कर्म) और उजरत (पारिश्रमिक) का मेल पश्चिम के अर्थशास्त्र में है, हमारे यहाँ नहीं। हमारे यहाँ कर्म इसलिए किया जाता है, क्योंकि हमारा धर्म है।

हम कर्म के द्वारा अपने जीवन को, आत्मा को प्रकट करते हैं। चित्रकार को चित्र बनाने से, कवि को कवि कर्म से रोक दीजिए तो वह मर जाएगा।[3] किसान खेती द्वारा ही जीवन को प्रकट करता है। उसकी जिंदगी यही है। खेती संबंधी सभी काम किसान के जीवन के साथ साँस की तरह जुड़े हुए हैं। वह कार्य के आधार पर जीवित है। कपड़ा बनाने वाले की अंगुलियों में दक्षता कहाँ से आती है? उसके जीवन की इच्छा से आती है। वह उसके कर्म से जुड़ी हुई है। इसलिए मनुष्य कर्म के कारण जीवित है, पर उसका संबंध उसके प्रतिफल से नहीं। पर परिवार में कभी हमसे कोई काम ठीक

---

2. अनन्याश्चिन्तयन्तो यां ये जना पर्युपासते।
तेषां नित्याभिमुक्तानां योगक्षेमं वहाम्यहम्॥

श्रीमद्भगवद्गीता, अध्याय 1, श्लोक 22

3. मुझे सूली पर चढ़ाने की जरूरत क्या है।
मेरे हाथ से कलम छीन लो मर जाऊँगा मैं।

अत्ताउल्लाखान

नहीं हुआ तो क्या हमें घर में खाना नहीं मिलता? माँ मना भी कर दे, तो भी थोड़ी देर बाद अपने आप खाने को दे देती है। अतः कर्म को कर्तव्य समझकर करो, हमारे योगक्षेम का वहन स्वतः ही होगा। यह समाज की स्वाभाविक स्थिति में संभव होता है।

योगक्षेम से यज्ञ

कई मनुष्य इतना कमाते हैं कि यदि उतना सब उन्हें खाने को मिल जाए तो पेट फट जाएगा। अतः यदि समाज ने हमें योगक्षेम के लिए, भोग के लिए दे दिया तो हम कहते हैं, यज्ञ के लिए बचाओ। यज्ञ करो और उसमें दो, जो शेष बचे, वह खाओ।[4] एक हजार मिला तो 500 खाओ और 500 बचाओ। पूँजी बनाओ। पूँजी बढ़ाने के लिए बचाओ। दूसरों के लिए बचाओ। प्राणियों की चिंता करो। प्रकृति के लिए चिंता करो। सबकी चिंता करने के बाद जो बचे (यज्ञशेष), वह खाओ। इसी को त्याग कहते हैं, त्याग माने 'सबकुछ दे देना' नहीं है। केवल कपड़े उतारकर फेंक देना पागलपन है। स्वयं छोड़कर दूसरे की आवश्यकता की पूर्ति करना, स्वयं भूखे रहकर भी दूसरे को खिलाना त्याग है। इसी प्रकार भविष्य की आवश्यकता के लिए पूँजी एकत्र करना भी एक प्रकार का त्याग है, यज्ञ है। क्योंकि इसमें फल की, अगली पीढ़ी की चिंता रहती है।

एक कथा है। एक राजा जा रहा था। उसे एक बूढ़ा माली मिला। वह आम के पौधों को पानी दे रहा था। राजा ने पूछा, "तेरी उम्र कितनी है?" उत्तर था—"भगवान् जितना जल्दी उठा ले जाए, अच्छा है।" राजा ने कहा, "यदि ऐसा है तो तू यह आम क्यों लगा रहा है? ये पौधे कब बड़े होंगे? तुझे जीवन में इनके फल खाने को मिलेंगे क्या?" माली ने उत्तर दिया—"मेरे पुरखों ने जो वृक्ष लगाए थे, उनके फल मैंने खाए। मैं जो लगाऊँगा, उसे आगे आनेवाले खाएँगे।"

---

4. ईशावास्यं इदं सर्वं, यत्कंचित जगत्याम् जगत्।
तेन त्यक्तेन भुञ्जिताः मा गृधः कस्वित् धनम्॥
—ईशावास्योपनिषद्

शिक्षा, कर्म, योगक्षेम और यज्ञ परस्परावलंबित

इस प्रकार व्यक्ति और समाज को जोड़ने वाली शिक्षा, कर्म, योगक्षेम और यज्ञ—ये चार चीजें व्यष्टि और समष्टि को एकात्म करती हैं। शिक्षा समाज से व्यक्ति की ओर, कर्म व्यक्ति से समाज की ओर, योगक्षेम समाज से व्यक्ति की ओर तथा यज्ञ व्यक्ति से समाज की ओर जाते हैं। यज्ञ भाव न रहने से हम नीचे की तरफ आ जाएँगे, पतन हो जाएगा। यज्ञभाव के साथ कर्मभाव भी चाहिए। आज हमारा यज्ञभाव-कर्मभाव समाप्तप्राय है।

व्यक्ति का कर्म न रहने पर या कम होने पर समाज द्वारा जो योगक्षेम चाहिए, वह संभव नहीं हो पाएगा। योगक्षेम का कम होने पर व्यक्ति द्वारा जितना यज्ञ चाहिए, उतना नहीं रह पाएगा। व्यक्ति द्वारा यज्ञ उतना न रहने पर समाज द्वारा उतनी शिक्षा न रह पाएगी। तो कर्म, योगक्षेम, यज्ञ और शिक्षा सभी उपयुक्त प्रमाण में चाहिए। ये चारों जितने अधिक रहेंगे, यह घन (Cube) उतना सुडौल बनेगा।

एकात्म मानवदर्शन : समाज व्यवस्था घन

पुरुषार्थ समीकरण

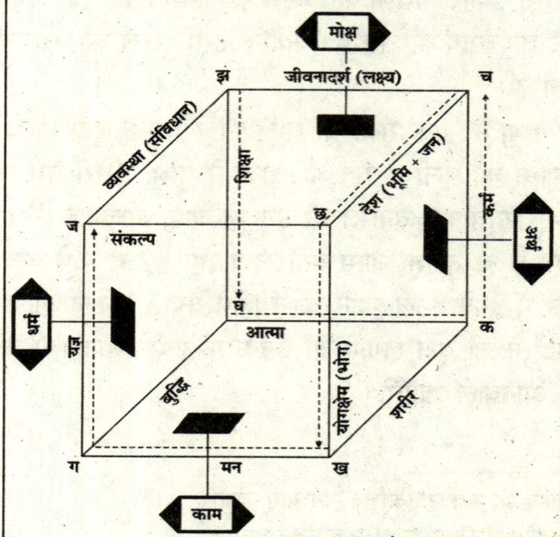

आकृति-2

झ+घ = शिक्षा	क+च+छ+ख = अर्थ
क+च = कर्म	ख+ग+ज+छ = काम
छ+ख = योगक्षम	ग+ज+झ+घ = धर्म
ग+ज = यज्ञ	झ+च+क+घ = मोक्ष

चार पुरुषार्थ : धर्म, अर्थ, काम व मोक्ष

इस प्रकार व्यक्ति और समाज अलग-अलग नहीं हैं। अतः हमारे यहाँ व्यक्ति एवं समाज का संघर्ष नहीं है, एक को मिटाकर दूसरा नहीं चल सकता। व्यक्ति और समाज दोनों साथ-साथ ही रहेंगे। इन दोनों को मिलाकर जो चीजें बनीं, वे चार पुरुषार्थ कहलाते हैं। पुरुषार्थ केवल व्यक्ति के नहीं, समाज अथवा राष्ट्र के भी होते हैं। (देखिए, आकृति-2)

जीवन की पूर्णता

अर्थ और धर्म एक-दूसरे के विपरीत होते हुए भी एक-दूसरे का आधार हैं। धर्म से अर्थ की प्राप्ति होती है। अर्थ में दंड नीति, राज्य एवं वार्त्ता (कृषि) दोनों शामिल हैं। पैदावार, खेती आदि सब धर्म के आधार पर चलते हैं। अर्थ के अभाव में भी धर्म समाप्त हो जाता है। इस प्रकार दोनों एक-दूसरे के पोषक हैं। इसके बाद 'काम' पुरुषार्थ आता है। अर्थ में हम काम की पूर्ति करें। लेकिन 'काम' अर्थ और धर्म के बीच आता है। अतः "पैसा मिला तो कुछ भी खा लूँ", ऐसा विचार ठीक नहीं है। जितना उपयोगी हो, उतना ही खाऊँ अर्थात् धर्मानुसार उपभोग करूँ, ऐसा चाहिए।

जैसे धर्म और अर्थ विपरीत होते हुए भी एक-दूसरे के आधार हैं, उसी प्रकार काम और मोक्ष विपरीत होते हुए भी एक-दूसरे के आधार हैं। सबसे बड़ी कामना मोक्ष की, और मोक्ष काम के लिए आवश्यक है। इस प्रकार चारों पुरुषार्थों के आधार पर हम संपूर्ण जीवन की कामना लेकर चल सकते हैं। ये सब मिलकर एक घन बनता है। ये सब मिलकर ही पूर्णता बनती है। जैसे पूर्ण में से पूर्ण निकालें तो पूर्ण ही बचेगा।[5] वह कभी अधूरा नहीं हो

5. पूर्ण मदः पूर्ण मिदम् पूर्णात पूर्ण मुदच्यते।
पूर्णस्य पूर्ण मदाय पूर्णमेवा वशिष्यते॥

सकता, छोटा भले ही हो सकता है।

सामने से देखने पर कई बार एक ही वस्तु (पुरुषार्थ) सबकुछ दिखाई देती है। परंतु समझदार सोचता है कि इसके पीछे और भी कुछ है। इसी तरह किसी को केवल अर्थ और किसी को केवल धर्म ही सबकुछ लगने लगता है, पर समझदारी इसी में है कि सभी पुरुषार्थों का विचार होना चाहिए। ये सब सदा परस्पर जुड़े रहते हैं। जैसे प्यास में रोटी से अधिक महत्त्व पानी का रहता है, भूख लगने पर रोटी का महत्त्व अधिक होता है। इसी प्रकार कभी अर्थ का महत्त्व अधिक होता है तो कभी धर्म का, कभी काम का अधिक तो कभी मोक्ष का। अतः इन चारों पुरुषार्थों का एक साथ विचार हो।

कोई बाप यदि बेटे की पढ़ाई की चिंता नहीं करता तो हम कहेंगे, 'तू इसे पीटता है, उसकी पढ़ाई की चिंता क्यों नहीं करता?' इसका अर्थ यह नहीं कि हमने बेटे का पक्ष लिया। जब बेटा गलती करता है तो हम उसे डाँटते हैं। इस प्रकार आवश्यकता पड़ने पर जब एक बात पर जोर दिया जाए तो इसका अर्थ यह नहीं कि बाकी बातों का विचार नहीं करते। कभी व्यक्ति स्वातंत्र्य की आवश्यकता है, कभी उसे संयमित करने के लिए नियंत्रण भी करना पड़ता है। यह पूर्णता का विचार अपने सामने रहता है। फिर भी यदि किसी ने तीसरे मोहरे पर आक्रमण कर दिया तो उसी मोरचे पर डट जाना पड़ता है। मुझसे कोई पूछे कि तुम्हारा कौन से वाद पर विश्वास है तो मैं कहूँगा कि मेरा तो षट्पदीवाद[6] पर विश्वास है। हम पूर्णता को मानते हैं। हम चारों मोहरों (दिशाओं) पर सतत जाग्रत् रहनेवाले हैं।

कई लोग पूछते हैं, 'संघ में राजनीति नहीं आती क्या?' हम कहते हैं— 'नहीं।' कोई कहता है, 'आपकी संस्था सामाजिक है?' हम कहते हैं, 'नहीं।' संघ न राजनीतिक पार्टी है, न सामाजिक, पर इसमें राजनीति, समाजनीति सबकुछ है। तो हमारे जीवन में पूर्णता का विचार है। यानी सब चीजें हममें हैं, पर राजनीतिक पार्टी कहने से तो फिर शेष का विचार नहीं। इसी प्रकार

6. 'षट्पदी' राष्ट्रीय स्वयंसेवक संघ के शारीरिक कार्यक्रम में एक पद विन्यास है, जिसमें सब दिशाओं में नजर व पैर ले जाते हुए छह कदमों में यह विन्यास पूर्ण कर अपनी सिद्ध स्थिति में आ जाता है।

हम न व्यक्तिवादी हैं, न समाजवादी, हम तो दोनों—व्यष्टि और समष्टि का विचार करते हैं। हम संपूर्णता का विचार करके चलते हैं।

हम किसी एक वाद को नहीं मानते। हम तो पूर्णतावादी, एकात्मवादी, आत्मवादी, संघवादी हैं। उसमें भी चैतन्य को, एक जीवमान आत्मा को मानकर चलते हैं। इस प्रकार एकात्म जीवन का, एकात्म चैतन्य का विचार करते हैं। यह ध्यान में रखकर ही हम अपने कार्य की ओर देखें।

5 जून, 1964 संघ शिक्षा वर्ग, उदयपुर (राज.)

□

सिद्धांत

'सिद्धांत व नीति' भारत के राजनैतिक इतिहास का महत्त्वपूर्ण दस्तावेज है। इसकी प्रस्तावना में दीनदयाल उपाध्याय लिखते हैं :

"आज भारत के इतिहास में क्रांति लाने वाले दो पुरुषों की याद आती है। एक वह कि जब जगद्गुरु शंकराचार्य सनातन बौद्धिक धर्म संदेश लेकर देश में व्याप्त अनाचार को समाप्त करने चले थे; और दूसरा वह कि जब 'अर्थशास्त्र' धारणा का उत्तरदायित्व लेकर संघ राज्यों (Republics) में बिखरी राष्ट्रीय शक्ति को संगठित कर साम्राज्य की स्थापना करने चाणक्य चले थे। आज इस प्रारूप को प्रस्तुत करते समय वैसा ही तीसरा महत्त्वपूर्ण प्रसंग आया है, जबकि विदेशी धारणाओं के प्रतिबिंब पर आधारित, मानव संबंधी अधूरे व अपुष्ट विचारों के मुकाबले विशुद्ध भारतीय विचारों पर आधारित मानव कल्याण का संपूर्ण विचार 'एकात्म मानववाद' के रूप में उसी सुपुष्ट भारतीय दृष्टिकोण को नए सिरे से सूत्रबद्ध करने का काम हम प्रारंभ कर रहे हैं।"

—दीनदयाल उपाध्याय

स्थिति*

प्रत्येक स्वतंत्र राष्ट्र का यह प्राथमिक कर्तव्य है कि वह अपनी स्वतंत्रता की रक्षा करे, उसे सुदृढ़ एवं स्थायी बनाने का प्रयत्न करे तथा अपने नागरिकों को एक ऐसा शासन प्रदान करे, जिसके अंतर्गत वे अपने जीवन की आवश्यकताओं को पूर्ण करते हुए समृद्ध, सोद्देश्य एवं सुखी समाज के संगठन में सचेष्ट रह सकें। भारत की स्वतंत्रता के उपरांत जन-मन में यह सहज आकांक्षा जाग्रत् हुई थी और यह अपेक्षा की गई थी कि सदियों से परतंत्र, अतः संघर्षरत राष्ट्र अब अपने स्वाभाविक स्वरूप एवं प्रतिष्ठा को प्राप्त कर अपने घर का नव-निर्माण कर सकेगा; रूढ़ियाँ समाप्त होकर स्वस्थ चैतन्यमयी संस्थाएँ जन्म लेंगी तथा आर्थिक दुर्व्यवस्था एवं सामाजिक अन्याय के पाटों में पिसनेवाला जन-जीवन संपन्नता और समानता के वातावरण में संतोष की साँस ले सकेगा। बड़े-बड़े उद्घोषों और योजनाओं के बावजूद जनता की अपेक्षाएँ पूर्ण नहीं हुईं। उलटे अव्यवस्था और अनाचार, अभाव और असमानताएँ, असुरक्षा और असामाजिकता पहले से अधिक तीव्र और व्यापक हैं। स्वतंत्रता-प्राप्ति के तुरंत बाद स्वातंत्र्य के प्रथम उद्रेक में देशी राज्यों के विलीनीकरण, संविधान के निर्माण तथा अर्थव्यवस्था के औद्योगिकीकरण एवं अभिनवीकरण की दिशा में अवश्य उल्लेखनीय कदम उठाए गए, किंतु वह आवेश शीघ्र ही समाप्त हो गया; यहाँ तक कि परिवर्तन

******स्रोत :* भारतीय जनसंघ घोषणाएँ व प्रस्ताव 1951-72, खंड 1 (सिद्धांत और नीतियाँ, घोषणा-पत्र, संविधान) भारतीय जनसंघ, विट्ठल भाई पटेल भवन, नई दिल्ली-110001, भारतवर्ष पृष्ठ 3 से 13 तक।

से उत्पन्न स्वाभाविक समस्याओं के समाधान एवं सामंजस्य के प्रयत्नों के स्थान पर हम उनसे अभिभूत हैं। राष्ट्र को सुनिश्चित और सुनियोजित दिशा में आगे बढ़ने के स्थान पर शासक और शासित विभ्रम एवं विरक्ति के शिकार बनकर किंकर्तव्यविमूढ़ हो, धारा में बहते हुए से दिखाई देते हैं। अनास्था और आत्मविश्वासहीनता की यह अवस्था राष्ट्र के अस्तित्व और अस्मिता के लिए संकटपूर्ण एवं अशोभनीय है। इसे बदलकर देश के पुरुषार्थ को सचेत करना होगा।

वर्तमान दुरवस्था का कारण

वर्तमान परिस्थिति का सबसे प्रमुख कारण राष्ट्र-जीवन की आत्मा का साक्षात्कार न करते हुए उसके ऊपर विदेशी और विजातीय विचारधाराओं एवं जीवन-मूल्यों को थोपने का प्रयत्न है। शीघ्र उन्नति में दूसरे देशों का अंधानुकरण करने और 'स्व' के तिरस्कार की प्रवृत्ति पैदा हुई है। इससे राष्ट्र-मानस में कुंठा घर कर गई है।

जनसंघ : एक ऐतिहासिक आवश्यकता

विश्व का ज्ञान हमारी थाती है। मानव-जाति का अनुभव हमारी संपत्ति है। विज्ञान किसी देश विशेष की बपौती नहीं। वह हमारे भी अभ्युदय का साधन बनेगा। किंतु भारत हमारी रंगभूमि है। भारत की कोटि-कोटि जनता पात्र ही नहीं, प्रेक्षक भी है, जिसके रंजन एवं आत्मसुख के लिए हमें सभी भूमिकाओं का निर्धारण करना है। विश्व-प्रगति के हम केवल द्रष्टा ही नहीं, साधक भी हैं। अतः जहाँ एक ओर हमारी दृष्टि विश्व की उपलब्धियों पर हो, वहीं दूसरी ओर हम अपने राष्ट्र की मूल प्रकृति, प्रतिभा एवं प्रवृत्ति को पहचानकर अपनी परंपरा और परिस्थिति के अनुरूप भविष्य के विकास-क्रम का निर्धारण करने की अनिवार्यता को भी न भूलें। 'स्व' के साक्षात्कार के बिना न तो स्वतंत्रता सार्थक हो सकती है और न वह कर्मचेतना ही जाग्रत् हो सकती है, जिसमें परावलंबन और पराभूति का भाव न होकर स्वाधीनता, स्वेच्छा और स्वानुभवजनित सुख हो। अज्ञान, अभाव तथा अन्याय की परिसमाप्ति और सुदृढ़, समृद्ध, सुसंस्कृत एवं सुखी राष्ट्र-जीवन का शुभारंभ

सबके द्वारा स्वेच्छा से किए जानेवाले कठोर श्रम तथा सहयोग पर निर्भर है। यह महान् कार्य राष्ट्र-जीवन के प्रत्येक क्षेत्र में एक नए नेतृत्व की अपेक्षा रखता है। भारतीय जनसंघ का जन्म इसी अपेक्षा को पूर्ण करने के लिए हुआ है।

उद्‌देश्य

भारतीय जनसंघ का उद्‌देश्य भारत को उसकी संस्कृति और मर्यादा के आधार पर एक राजनीतिक, सामाजिक एवं आर्थिक जनतंत्र बनाना है, जिसमें व्यक्ति को समान अवसर और स्वतंत्रता प्राप्त हो तथा जो भारत को सुदृढ़ एवं सुसंपन्न बनाते हुए उसे एक प्रगतिशील, आधुनिक और जागरूक राष्ट्र बनाए, जो दूसरों के आक्रमण का सफलतापूर्वक सामना कर सके और विश्व शांति के स्थापनार्थ राष्ट्र संघ में समुचित रीति से प्रभाव डाल सके।

भारतीय सांस्कृतिक अधिष्ठान की अपरिहार्यता

लोकतंत्र, समानता, राष्ट्रीय स्वतंत्रता तथा विश्व शांति परस्पर संबद्ध कल्पनाएँ हैं। किंतु पाश्चात्य राजनीति में इनमें कई बार टकराव हुआ है। समाजवाद और विश्व-शासन के विचार भी इन समस्याओं के समाधान के प्रयत्न से उत्पन्न हुए हैं, पर वे कुछ नहीं कर पाए। उलटे उन्होंने मूल को धक्का लगाया है और नई समस्याएँ पैदा की हैं। भारत का सांस्कृतिक चिंतन यह तात्त्विक अधिष्ठान प्रस्तुत करता है, जिससे उपर्युक्त भावनाएँ समन्वित हो वांछनीय लक्ष्यों की सिद्धि कर सकें। इस अधिष्ठान के अभाव में मानव-चिंतन और विकास अवरुद्ध हो गया है। भारतीय तात्त्विक सत्यों का ज्ञान देश और काल से स्वतंत्र है। यह ज्ञान केवल हमारी ही नहीं, वरन् पूर्ण संसार की प्रगति की दिशा निश्चित करेगा।

एकात्मवाद

भारतीय संस्कृति एकात्मवादी है। सृष्टि की विभिन्न सत्ताओं तथा जीवन के विभिन्न अंगों के दृश्य-भेद स्वीकार करते हुए वह उनके अंतर में एकता की खोज कर उनमें समन्वय की स्थापना करती है। परस्पर विरोध

और संघर्ष के स्थान पर वह परस्परावलंबन, पूरकता, अनुकूलता और सहयोग के आधार पर सृष्टि की क्रियाओं का विचार करती है। वह एकांगी न होकर सर्वांगीण है। उसका दृष्टिकोण सांप्रदायिक अथवा वर्गवादी न होकर सर्वात्मक एवं सर्वोत्कर्षवादी है। एकात्मकता उसकी धुरी है।

व्यष्टि और समष्टि

व्यष्टि और समष्टि के बीच संघर्ष की कल्पना कर दोनों में से किसी एक को प्रमुख एवं संपूर्ण क्रियाओं का अंतिम लक्ष्य मानकर पश्चिम में अनेक विचारधाराओं का जन्म हुआ है। किंतु दृश्य व्यक्ति अदृश्य समष्टि का भी प्रतिनिधित्व करता है। 'अहं' के साथ 'वयं' की सत्ता भी प्रत्येक 'अहं' के द्वारा जीती है। प्रत्येक 'इकाई' में समुदाय की प्रवृत्ति परिलक्षित होती है। व्यक्ति ही समष्टि के उपकरण हैं, उसके ज्ञान-तंतु हैं। व्यक्ति के विनाश या अविकास से समष्टि पंगु हो जाएगी। व्यक्ति की साधना समष्टि की आराधना से भिन्न नहीं हो सकती। शरीर को क्षति पहुँचाकर कोई अंग कैसे सुखी हो सकता है! फूल का अस्तित्व पँखुड़ियों की शोभा तथा जीवन की सार्थकता पुष्प के साथ रहकर उसके स्वरूप को बनाने और निखारने में है। व्यक्ति-स्वातंत्र्य और समाज-हित के बीच कोई विरोध नहीं है।

व्यक्ति का सर्वांगीण विकास

व्यक्ति शरीर, मन, बुद्धि और आत्मा का समुच्चय है। व्यक्ति के सर्वांगीण विकास में चारों का ध्यान रखना होगा। चारों की भूख मिटाए बिना व्यक्ति न तो सुख का अनुभव और न अपने व्यक्तित्व का विकास कर सकता है। भौतिक और आध्यात्मिक दोनों प्रकार की उन्नति आवश्यक हैं। आजीविका के साधन, शांति, ज्ञान एवं तादात्म्य भाव से ये भूखें मिटती हैं। सर्वांगीण विकास की कामना ही व्यक्ति को समाज-हित में कार्य की प्रेरणा देती है।

पुरुषार्थ चतुष्ट्य

व्यक्ति के विकास और समाज के हित का संपादन करने के उद्देश्य

से धर्म, अर्थ, काम और मोक्ष इन चार पुरुषार्थों की कल्पना की गई है। धर्म, अर्थ और काम एक-दूसरे के पूरक और पोषक हैं। मनुष्य की प्रेरणा का स्रोत तथा उसके कार्यों का मापक किसी एक को ही मानकर चलना अधूरा होगा। फिर भी अर्थ और काम की सिद्धि का साधन है धर्म, अतः वह आधारभूत है।

धर्म का स्वरूप

कई बार धर्म को मत या मजहब मानकर उसके गलत अर्थ लगाए जाते हैं। यह भूल अंग्रेजी के रिलीजन शब्द का अनुवाद 'धर्म' करने के कारण हुई है। धर्म का वास्तविक अर्थ है—वे सनातन नियम, जिनके आधार पर किसी सत्ता की धारणा हो और जिनका पालन कर व्यक्ति अभ्युदय और निःश्रेयस की प्राप्ति कर सके। धर्म के मूल तत्त्व सनातन हैं, किंतु उनका विवरण देश-काल-परिस्थिति के अनुसार बदलता है। इस संक्रमणशील जगत् में धर्म ही वह तत्त्व है, जो स्थायित्व लाता है। इसलिए धर्म को ही नियंता माना गया है। प्रभुता उसी में निहित है।

राष्ट्र की आत्मा—चिति

समाज केवल व्यक्तियों का समूह अथवा समुच्चय नहीं, अपितु एक जीवंत सावयव सत्ता है। भूमि विशेष के प्रति मातृ-भाव रखकर चलनेवाले समाज से राष्ट्र बनता है। प्रत्येक राष्ट्र की अपनी एक विशेष प्रकृति होती है, जो ऐतिहासिक अथवा भौगोलिक कारणों का परिणाम नहीं, अपितु जन्मजात है। इसे 'चिति' कहते हैं। राष्ट्रों का उत्थान-पतन चिति के अनुकूल अथवा प्रतिकूल व्यवहार पर निर्भर करता है। विभिन्न विशिष्टताओं वाले राष्ट्र परस्पर पूरक होकर मानव एकता का निर्माण कर सकते हैं। राष्ट्रों की प्रकृति मानव एकता की विरोधी नहीं, यदि कहीं उसके विरुद्ध आचरण दिखता है तो वह विकृति का द्योतक है। राष्ट्रों का विनाश कर मानव एकता उसी प्रकार असंभव तथा अवांछनीय है, जिस प्रकार व्यक्तियों को नष्ट कर समष्टि का अस्तित्व या विकास।

चिति की अभिव्यक्ति के उपकरण

समाज की चिति स्वयं को अभिव्यक्त करने तथा व्यक्तियों को विभिन्न पुरुषार्थों के संपादन की सुविधा प्राप्त कराने के लिए अनेक संस्थाओं को जन्म देती है। समाज में इनकी वही स्थिति है, जो शरीर में विभिन्न अंगों की। जाति, वर्ण, पंचायत, संप्रदाय, संघ, पूग, विवाह, संपत्ति, राज्य आदि इसी प्रकार की संस्थाएँ हैं। राज्य महत्त्वपूर्ण है, किंतु सर्वोपरि नहीं।

राज्य की आवश्यकता

कृतयुग में जब मानव परस्पर धर्म के आधार पर एक-दूसरे की रक्षा करते थे, राज्य नहीं था। किंतु वह एक आदर्श स्थिति है और तभी संभव है, जब प्रत्येक व्यक्ति पूर्णतः द्वंद्वातीत, निस्स्वार्थ, निस्पृह एवं धर्मनिष्ठ हो। सामान्यतः समाज में सुव्यवस्था बनाए रखने तथा प्रत्येक घटक को धर्म-पालन की सुविधा देने के लिए राज्य एक आवश्यक संस्था है।

आदर्श राज्य—धर्मराज्य

भारतीय राज्य का आदर्श 'धर्मराज्य' रहा है। यह एक असांप्रदायिक राज्य है। सभी पंथों और उपासना पद्धतियों के प्रति सहिष्णुता एवं समादर का भाव भारतीय राज्य का आवश्यक गुण है। अपनी श्रद्धा और अंतःकरण की प्रवृत्ति के अनुसार प्रत्येक नागरिक का उपासना का अधिकार अक्षुण्ण है तथा राज्य के संचालन अथवा नीति-निर्देशन में किसी भी व्यक्ति के साथ मत या संप्रदाय के आधार पर भेदभाव नहीं हो सकता। धर्मराज्य थियोक्रेसी अथवा मजहबी राज्य नहीं है।

'धर्मराज्य' किसी व्यक्ति अथवा संस्था को सर्वसत्ता-संपन्न नहीं मानता। सभी नियमों और कर्तव्यों से बँधे हुए हैं। कार्यपालिका, विधायिका और जनता सबके अधिकार धर्माधीन हैं। स्वैराचरण कहीं भी अनुमत नहीं। अंग्रेजी का 'Rule of Law' (विधि के अनुसार शासन) धर्मराज्य की कल्पना को व्यक्त करनेवाला निकटतम शब्द है। निरंकुश और अधिनायकवादी प्रवृत्तियों को रोकने तथा लोकतंत्र को स्वच्छंदता में विकृत होने से बचाने में धर्मराज्य ही समर्थ है। राज्यों की अन्य कल्पनाएँ अधिकारमूलक हैं, किंतु

धर्मराज्य कर्तव्य-प्रधान है। फलतः इसमें अपने अधिकारों के हनन की आशंका, असीम अधिकार प्राप्ति की लालसा, सीमित अधिकारों से असंतोष, अधिकारारूढ़ होने पर कर्तव्यों की उपेक्षा, अधिकार-मद, विभिन्न अधिकारों के बीच संघर्ष इन सबके लिए कोई गुंजाइश नहीं है।

कर्तव्य और अधिकार

'धर्मराज्य' में जनाधिकारों को समाप्त नहीं किया जा सकता। जनता का इन मूलभूत अधिकारों के प्रति जागरूक रहना कर्तव्य है। बिना इसके धर्मपालन संभव नहीं। 'अधिकार' वह उपादान है, जिससे व्यक्ति अपने कर्तव्यों का पालन करने में सक्षम होकर अपने स्वतंत्र अस्तित्व की तथा एक बड़ी सत्ता के अंगभूत होने की अनुभूति करता है। कर्तव्य और अधिकार उस त्रिकोण की दो भुजाएँ हैं, धर्म जिसका आधार है। सैनिक का अधिकार है कि उसे शस्त्र मिले, बिना उसके वह रक्षा के अपने कर्तव्यों का पालन नहीं कर सकता। शस्त्र की उपलब्धि और प्रयोग कब और कैसे हो, इसका नियमन धर्म से होता है।

लोकतंत्र

लोकाधिकार की प्रतिष्ठा और लोक-कर्तव्य के निर्वाह का लोकतंत्र एक साधन है। केवल राजनीतिक क्षेत्र में ही नहीं, अपितु आर्थिक और सामाजिक क्षेत्रों में भी लोकतंत्र चाहिए। वास्तव में जनतंत्र अविभाज्य है। किसी भी एक क्षेत्र में लोकतंत्र का अभाव एक-दूसरे क्षेत्र में लोकतंत्र को नहीं पनपने देगा। सहिष्णुता, व्यक्ति की प्रतिष्ठा तथा समष्टि के साथ एकात्मकता लोकतंत्र के प्राण हैं। बिना इन भावों के लोकतंत्र का बाहरी स्वरूप निष्प्राण एवं जड़ है। यदि चैतन्य विद्यमान है तो देश-काल-परिस्थिति से लोकतंत्र के रूप में भेद हो सकता है।

अपने प्रतिनिधि चुनने और चुने जाने का अधिकार राजनीतिक लोकतंत्र का प्रमुख लक्षण है। आर्थिक लोकतंत्र के लिए व्यवसाय और उपभोग की स्वतंत्रता आवश्यक है। प्रतिष्ठा एवं अवसर की समानता से सामाजिक लोकतंत्र की स्थापना होती है। इस बात का प्रयत्न करना होगा कि ये अधिकार एक-दूसरे के पूरक एवं पोषक रहें, विरोधी एवं विनाशक नहीं।

स्वतंत्रता

स्वतंत्रता मानव और राष्ट्र की स्वाभाविक आकांक्षा है। पराधीनता में न तो सुख है, न शांति। राजनीतिक स्वतंत्रता के साथ आर्थिक और सामाजिक स्वतंत्रता भी चाहिए। शासन का व्यष्टि और समष्टि के प्राकृतिक हित में हस्तक्षेप न करना तथा सदैव उसके अनुकूल चलना राजनीतिक स्वतंत्रता है। अर्थ के होने अथवा उसके न होने से मनुष्य के हित में विघ्न न होना ही आर्थिक स्वतंत्रता है। समाज का व्यक्ति के स्वाभाविक विकास में बाधक न होकर साधक होना ही सामाजिक स्वतंत्रता है। इन स्वतंत्रताओं के राष्ट्रगत हुए बिना वे व्यक्ति को प्राप्त नहीं हो सकतीं। राज्य के सब अंगों द्वारा अपने-अपने कर्तव्य का पालन करने से सबको स्वतंत्रता प्राप्त होती है।

लोकतंत्र के समान स्वतंत्रता भी अविभाज्य है। बिना शासनिक स्वतंत्रता के अन्य दो स्वतंत्रताएँ नहीं हो सकतीं। बिना आर्थिक स्वतंत्रता के मनुष्य को सामाजिक और कुछ अंशों में राजनीतिक स्वतंत्रता नहीं मिल सकती तथा बिना सामाजिक स्वतंत्रता के अर्थ मनुष्य को भाव और अभाव दोनों रूपों में परतंत्र कर देता है।

अर्थायाम

शासन-तंत्र के समान अर्थ-तंत्र में भी अराजकता केवल कृत युग की चीज है, अर्थात् अहस्तक्षेप (Laissez faire) का सिद्धांत इसी अवस्था में सर्वहितकारी रूप में चल सकता है, अन्यथा नहीं। अतः अर्थ के उत्पादन, विनिमय एवं उपभोग को व्यवस्थित करने के लिए अर्थायाम आवश्यक है। इस हेतु अर्थ के क्षेत्र में भी अनेक संस्थाओं का जन्म होता है। राज्य का भी इस विषय में महत्त्वपूर्ण दायित्व है। किंतु सभी उद्योगों अथवा उत्पादन के साधनों का राज्य के स्वामित्व तथा प्रबंध के अधीन होना आर्थिक और राजनीतिक शक्ति के केंद्रीयकरण को जन्म देता है। अतः यह ठीक नहीं। पर यह भी स्वीकार करना होगा कि आर्थिक विकास की प्रक्रिया के आरंभ के लिए, अर्थव्यवस्था में अनुशासन बनाए रखने के लिए तथा राष्ट्र के आधारभूत लक्ष्यों की सिद्धि के लिए राज्य का कर्तव्य है कि वह आर्थिक क्षेत्र में नियोजन, निर्देशन, नियमन, नियंत्रण का सामान्यतः तथा विशेष क्षेत्रों और

स्थितियों में स्वामित्व व प्रबंध का भी दायित्व ले।

अर्थ का अभाव और प्रभाव

अर्थ के अभाव से तो धर्म का ह्रास होता ही है, अर्थ का प्रभाव भी धर्म की हानि करता है। अर्थ के अभाव और प्रभाव दोनों से आर्थिक स्वतंत्रता का हनन होता है। सुसाध्य आजीविका की अप्राप्ति तथा उत्पादन को बनाए रखने अथवा बढ़ाने के लिए आवश्यक पूँजी की कमी अर्थ का अभाव है। यह बात व्यक्ति और राष्ट्र दोनों पर लागू होती है। अर्थ की साधनता को भुलाकर उसमें आसक्ति, अर्थ से धर्मानुकूल कामोपभोग की इच्छा का, ज्ञान का और शक्ति का अभाव, अर्थ का अनुचित घमंड, समाज में आर्थिक विषमता, मुद्रा का आधिक्य एवं अवमूल्यन—वे कारण हैं, जिनसे अर्थ का प्रभाव मानव की कर्म-शक्ति को कुंठित कर अर्थ और श्री के ह्रास का कारण बनता है।

संपत्ति का स्वामित्व

संपत्ति के स्वामित्व का प्रश्न महत्त्वपूर्ण है। कुछ लोग संपत्ति पर व्यक्ति का निर्बाध अधिकार मानते हैं। दूसरी ओर वे लोग हैं, जो निजी संपत्ति को, विशेषकर उत्पादन के साधनों के निजी स्वामित्व को, सभी बुराइयों की जड़ मानते हैं। 'ईशावास्यमिदं सर्वं' के आधार पर कुछ तत्त्व संपूर्ण संपत्ति को ईश्वर की मानकर मनुष्य को विश्वस्त के नाते उसका उपयोग करने का परामर्श देते हैं। सैद्धांतिक दृष्टि से 'विश्वस्त' का विचार अच्छा है, किंतु व्यवहार में 'विश्वस्त' को न्याय के किन नियमों और निर्देशों से बाँधा जाए और कौन बाँधे, यह प्रश्न तो बना ही रहता है।

व्यक्ति या व्यक्तियों का ऐसा समूह, जिसके साथ व्यक्ति जीवन के सभी प्रमुख व्यवहारों तथा आवश्यकताओं के लिए निगड़ित है, बिना संपत्ति के नहीं रह सकता। कर्म के साथ कर्मफल जुड़ा है। अर्जित के उपभोग एवं उपयोग की स्वतंत्रता में से संपत्ति पैदा होती है। संपूर्ण आय का उपभोग न कर बचत करना एक स्वाभाविक प्रवृत्ति तथा राष्ट्रीय गुण है। संपत्ति में भी मानव को प्रतिष्ठा, सुरक्षा तथा तुष्टि की अनुभूति होती है। अतः हम संपत्ति

को पूरी तरह नहीं मिटा सकते।

संपत्ति का आधार समाज-सापेक्ष है। सब वस्तुओं के लिए एक सी संपत्ति-व्यवस्था नहीं है। एक ही वस्तु के लिए सब स्थानों पर और सब समय के लिए एक व्यवस्था नहीं है। यह विभेद समाज की आवश्यकताओं के अनुसार निश्चित हुआ है। जो लोग समाज को संपत्ति का नियंता नहीं मानते, वे केवल इतना चाहते हैं कि समाज विद्यमान मान्यताओं में परिवर्तन न करे। समाज को इस बात का अधिकार है तथा अनेक बार उसका यह कर्तव्य हो जाता है कि वह संपत्ति संबंधी मान्यताओं में परिवर्तन करे। संपत्ति का अबाध एवं अपरिवर्तनीय अधिकार जैसी कोई चीज नहीं है।

संपत्ति का अधिकार हमें मर्यादाओं के अंतर्गत स्वीकार करना होगा। इन सीमाओं का निर्धारण समाज तथा व्यक्ति की आवश्यकताओं एवं जीवन-मूल्यों के आधार पर निश्चित होना चाहिए। जब संपत्ति अपने प्रभाव से स्वामी को आलसी या विलासी और दूसरों को अभावग्रस्त या परतंत्र बनाए तो उसका नियमन आवश्यक है।

संपत्ति संबंधी अधिकारों में परिवर्तन होने पर प्रभावित व्यक्ति के पुनर्वास का दायित्व मूलतः समाज पर आता है। किंतु क्षतिपूर्ति का सिद्धांत नैश्चिंत्य तथा स्थायित्व की दृष्टि से आवश्यक है।

अर्थव्यवस्था की कसौटी

राज्य-व्यवस्था की भाँति अर्थव्यवस्था का निकष भी मानव का सर्वतोन्मुखी विकास होना चाहिए। मानव का सुख ही अर्थोत्पादन का प्रमुख लक्ष्य है तथा मानव-शक्ति उसका प्रधान साधन है। प्रकृति के साधनों का उपयोग कर अपनी आवश्यकताओं की पूर्ति का प्रयास ही मानव की आर्थिक क्रियाओं का उद्देश्य रहा है। जो इस उद्देश्य की सफल पूर्ति के साथ-साथ मानव के सर्वांगीण विकास में सहायक हो सके, वही उपयुक्त व्यवस्था है। जिस व्यवस्था में आर्थिक क्षमता तो बढ़े, किंतु मानवता के अन्य अंगों के विकास की शक्ति कुंठित हो जाए, वह कल्याणकारी नहीं हो सकती। मानव ही हमारी व्यवस्था का केंद्र होना चाहिए।

संपूर्ण मानव का विचार न केवल एक अर्थपरायण मानव का सभी

कृतियों का केंद्र बनाकर विकसित पूँजीवादी अर्थव्यवस्था अधूरी है। अधिकतम लाभ की स्थायी आकांक्षा इस व्यवस्था की प्रेरक तथा प्रतिस्पर्धा की नियामक शक्ति है। यह भाव भारतीय जीवन-दर्शन से बेमेल है। पूँजीवादी अर्थव्यवस्था से उत्पन्न समस्याओं की प्रतिक्रिया में कल्पित समाजवाद के उद्देश्य श्लाघ्य होने के उपरांत भी परिणाम में मानव हितकारी सिद्ध नहीं हुए। क्योंकि वैज्ञानिक समाजवाद के उद्गाता कार्ल मार्क्स का व्यक्ति और समाज का विश्लेषण मूलतः भौतिकवादी है और इसीलिए अधूरा है। वर्ग-संघर्ष की भूमिका में एक स्वेच्छया स्थायी सहयोग की भावना पैदा नहीं हो सकती।

पूँजीवादी और समाजवादी दोनों व्यवस्थाओं में पूँजी के स्वामित्व के विषय में मतभेद है, किंतु दोनों की परिणति केंद्रीयकरण तथा एकाधिपत्य में होती है। फलतः दोनों मानव की उपेक्षा करती हैं। हमें ऐसी अर्थव्यवस्था चाहिए, जिसमें व्यक्ति की अपनी प्रेरणा बनी रहे तथा वह समाज के अन्य व्यक्तियों के साथ अपने संबंधों में मानवता का विकास कर सके। विकेंद्रित अर्थव्यवस्था ही इस लक्ष्य को सिद्ध कर सकती है।

विकेंद्रित अर्थव्यवस्था

शक्ति का केंद्रीयकरण लोकतंत्र एवं मानव-स्वतंत्रता के अनुकूल नहीं है। राष्ट्रीय एकात्मकता के अधीन राजनीतिक एवं आर्थिक शक्तियों का भौगोलिक एवं व्यावसायिक दोनों ही दृष्टियों से विकेंद्रीकरण होना चाहिए। पाश्चात्य देशों में औद्योगिकीकरण की जो ऐतिहासिक प्रक्रिया रही है, उससे शक्तियों का केंद्रीयकरण हुआ है। सीमित समवाय, प्रबंध अधिकरण तथा सूत्रधारी समवाय आदि की कानूनी व्यवस्थाओं ने इसका पोषण किया है। पूँजीवादी व्यवस्था के अनेक दोष केंद्रीयकरण की देन हैं। समाजवाद की व्यवस्था ने केंद्रीयकरण को रोकने की कोई चेष्टा नहीं की। उसने व्यक्तियों के हाथ से पूँजी के स्वामित्व को छीनकर राज्यों के हाथों में सौंपने मात्र से संतोष कर लिया। किंतु इससे राजनीतिक और आर्थिक दोनों शक्तियों के एक स्थान पर एकत्र होने के कारण केंद्रीयकरण तथा उसके दोषों में और अधिक वृद्धि हुई है। रोग का इलाज विकेंद्रीकरण से ही संभव है। आर्थिक और सामाजिक संस्थाओं का इस उद्देश्य से पुनर्निर्धारण करना होगा। विज्ञान की

आधुनिकतम खोजें और प्रौद्योगिकी विकेंद्रित उद्योगों के पक्ष में हैं। मानव व्यक्तित्व को बनाए रखने और उसके सर्वतोमुखी विकास की इस व्यवस्था में सर्वाधिक सुविधा है। निजी या सहकारी स्वामित्व में छोटे यंत्रचालित उद्योग, छोटा व्यापार और कृषि हमारी अर्थव्यवस्था के मूल आधार हों। बड़े उद्योगों का विचार अपवाद रूप में ही किया जाए।

प्रगति के मानदंड

जन्म लेनेवाले प्रत्येक व्यक्ति के भरण-पोषण की, उसके शिक्षण की, जिससे वह समाज के एक जिम्मेदार घटक के नाते अपना योगदान करते हुए अपने विकास में समर्थ हो सके, उसके लिए स्वस्थ एवं क्षमता की अवस्था में जीविकोपार्जन की, और यदि किसी भी कारण वह संभव न हो तो भरण-पोषण की तथा उचित अवकाश की व्यवस्था करने की जिम्मेदारी समाज की है। प्रत्येक सभ्य समाज इसका किसी-न-किसी रूप में निर्वाह करता है। प्रगति के यही मुख्य मानदंड हैं। अतः न्यूनतम जीवन-स्तर की गारंटी, शिक्षा, जीविकोपार्जन के लिए रोजगार, सामाजिक सुरक्षा और कल्याण को हमें मूलभूत अधिकार के रूप में स्वीकार करना होगा।

एकात्म मानववाद

हमारी संपूर्ण व्यवस्था का केंद्र मानव होना चाहिए, जो 'यत् पिण्डे तद्ब्रह्माण्डे' के न्यायानुसार समष्टि का जीवंत प्रतिनिधि एवं उसका उपकरण है। भौतिक उपकरण मानव के सुख के साधन हैं, साध्य नहीं। जिस व्यवस्था में भिन्न रुचिलोक का विचार केवल एक औसत मानव से अथवा शरीर-मन-बुद्धि एवं आत्मायुक्त अनेक ऐषणाओं से प्रेरित पुरुषार्थ चतुष्ट्यशील पूर्ण मानव के स्थान पर एकांगी मानव का ही विचार किया जाए, वह अधूरी है। हमारा आधार एकात्म मानव है, जो अनेक एकात्म समष्टियों का एक साथ प्रतिनिधित्व करने की क्षमता रखता है। एकात्म मानववाद (Integral Humanism) के आधार पर हमें जीवन की सभी व्यवस्थाओं का विकास करना होगा।

मानवतावाद के नाम से कई विचारधाराएँ प्रचलित रही हैं। किंतु उनका

विचार भारतीय संस्कृति के चिंतन से अनुप्राणित न होने के कारण मूलतः भौतिकवादी है। मानव के नैतिक स्वरूप अथवा व्यवहार के लिए वे कोई तात्त्विक विवेचन प्रस्तुत नहीं कर पाईं। आध्यात्मिकता को अमान्य कर मानव तथा मानव और जगत् के संबंधों एवं व्यवहार की संगति नहीं बिठाई जा सकती।

आह्वान

भारत के अधिकांश राजनीतिक दल पाश्चात्य विचारों को लेकर ही चलते हैं। वे वहाँ की किसी-न-किसी राजनीतिक विचारधारा से संबद्ध एवं वहाँ के दलों की अनुकृति मात्र हैं। वे भारत की मनीषा को पूर्ण नहीं कर सकते और न चौरस्ते पर खड़े विश्व-मानव का मार्ग-दर्शन कर सकते हैं।

भारतीय संस्कृति के प्रति निष्ठा लेकर चलनेवाले भी कुछ राजनीतिक दल हैं। किंतु वे भारतीय संस्कृति की सनातनता को उसकी गतिहीनता समझ बैठे हैं और इसलिए बीते युग की रूढ़ियों अथवा यथास्थिति का समर्थन करते हैं। संस्कृति के क्रांतिकारी तत्त्व की ओर उनकी दृष्टि नहीं जाती। वास्तव में समाज में प्रचलित अनेक कुरीतियाँ, जैसे छुआछूत, जाति-भेद, दहेज, मृत्युभोज, नारी अवमानना आदि भारतीय संस्कृति और समाज के स्वास्थ्य की सूचक नहीं, बल्कि रोग के लक्षण हैं। भारत के अनेक महापुरुष, जिनकी भारतीय परंपरा और संस्कृति के प्रति अनन्य निष्ठा थी, इन बुराइयों के विरुद्ध लड़े। आज के अनेक आर्थिक और सामाजिक विधानों की हम जाँच करें तो पता चलेगा कि वे हमारी सांस्कृतिक चेतना के क्षीण होने के कारण युगानुकूल परिवर्तन और परिवर्तन की कमी से बनी हुई रूढ़ियाँ, परकीयों के साथ संघर्ष की परिस्थिति से उत्पन्न माँग को पूरा करने के लिए अपनाए गए उपाय अथवा परकीयों द्वारा थोपे गए या उनका अनुकरण कर स्वीकार की गई व्यवस्थाएँ मात्र हैं। भारतीय संस्कृति के नाम पर उन्हें जिंदा नहीं रखा जा सकता।

एकात्म मानव विचार भारतीय और भारत-बाह्य सभी चिंतनधाराओं का सम्यक् आकलन करके चलता है। उनकी शक्ति और दुर्बलताओं को भी परखता है और एक ऐसा मार्ग प्रशस्त करता है, जो मानव को अब तक के

उसके चिंतन, अनुभव और उपलब्धि की मंजिल से आगे बढ़ा सके।

पाश्चात्य जगत् ने भौतिक उन्नति तो की, किंतु उसकी आध्यात्मिक अनुभूति पिछड़ गई। भारत भौतिक दृष्टि से पिछड़ गया और इसलिए उसकी आध्यात्मिकता शब्द मात्र रह गई। 'नाऽयमात्मा बलहीनेन लभ्य:' (मण्डूकोपनिषद्) अर्थात् अशक्त आत्मानुभूति नहीं कर सकता। बिना अभ्युदय के नि:श्रेयस की सिद्धि नहीं होती। अत: आवश्यक है कि 'बलमुपास्व' के आदेश के अनुसार हम बल-संवर्धन करें, अभ्युदय के लिए प्रयत्नशील हों, जिससे अपने रोगों को दूर कर स्वास्थ्य लाभ कर सकें तथा विश्व के लिए भार न बनकर उसकी प्रगति में साधक हो सकें।

□

चारों पुरुषार्थों का समग्र विचार

"विदुरजी ने कहा, अर्थ बंधनकारक है, धर्म बंधनकारक है तथा काम तो बंधनकारक है ही। सबसे बड़ी वस्तु है मोक्ष। मोक्ष प्राप्ति के बाद कुछ भी पाना शेष नहीं रहता, फिर कोई कामना भी नहीं रहती। इसलिए निष्काम भाव से मोक्ष पा लेना यही सबसे बड़ा पुरुषार्थ है। विदुर के इस विवाद का अंत युधिष्ठिर ने किया। उन्होंने कहा कोई भी पुरुषार्थ बड़ा नहीं है। चारों को एक साथ लेकर चलना ही पुण्य है। एक को पाने का प्रयत्न करेगा, वह अधूरा है और एक को प्राप्त करने का प्रयास करनेपाला पापी भी है। एक का विचार करना मानव के टुकड़े करना है, किंतु यह सही है कि मानव जीवन के टुकड़े नहीं किए जा सकते। अत: चतुर्पुरुषार्थों का एकात्म व समग्र विचार करना आवश्यक है।"

—दीनदयाल उपाध्याय

'राष्ट्रजीवन की दिशा' से

विवेचन

"पं. दीनदयाल उपाध्याय एक विरोधी दल के प्रमुख व्यक्ति थे। उनका तो यह कर्तव्य ही था कि जो भी अनिष्ट दिखे, जो कुछ त्रुटियाँ दिखाई दें, उनके विषय में अपना मत वे असंदिग्ध शब्दों में प्रकट करें। यही उन्होंने किया भी, परंतु उनके सब लेखों को देखें तो हमें दिखाई देगा कि उनके हृदय के अंदर कोई कटुता नहीं थी। शब्दों में भी कटुता नहीं थी, बड़े प्रेम से बोला करते थे। मेरा तो बहुत संबंध था। वे कभी किसी पर जरा भी नाराज नहीं हुए। बहुत खराबी होने पर भी, खराबी करनेवाले के प्रति अपशब्द का प्रयोग नहीं किया। वे युधिष्ठिर के समान थे, दुर्योधन में दुराक्षर था, इसलिए वे 'दुर्योधन' को 'सुयोधन' कहा करते थे। दीनदयालजी भी इसी परंपरा के थे, इसलिए कभी उनमें कटुता दिखाई नहीं दी। शब्दों में नहीं, हृदय के अंदर नहीं, वाणी में भी नहीं।"

—श्री गुरुजी (मा.स. गोलवलकर)

अनुक्रम

एकात्म मानववाद—प्रश्नोत्तर

प्र. क्या है एकात्म मानववाद ?

उ. 'एकात्म मानववाद' एक विचारधारा है। पं. दीनदयाल उपाध्याय ने देश और दुनिया के सामने इस विचारधारा को प्रस्तुत किया था।

प्र. क्या जरूरत थी इस विचारधारा की ?

उ. जब हमारा देश आजाद हुआ, तब देश में इस बात पर विवाद था कि भारतवर्ष 'पूँजीवाद' के रास्ते को अपनाए या समाजवाद के रास्ते को। इन दोनों ही रास्तों को खोजनेवाले लोग विदेशी यूरोपियन थे। उनके देशों की परिस्थिति में ही ये विचार विकसित हुए थे। तब पं. दीनदयाल उपाध्यायजी ने कहा कि हमारी ऐसी क्या मजबूरी कि हम इन विदेशियों की बिचारधारा में से ही किसी एक को चुनें। जिन विचारधाराओं की बहस में एक भी भारतीय शामिल नहीं है तथा न ही वे विचार भारतीय वातावरण में विकसित हुए हैं। दीनदयालजी ने कहा, हमें अपने देश की संस्कृति तथा इतिहास से सीखकर, अपने देश एवं दुनिया की जरूरत के हिसाब से अपने विचारों का विकास करना चाहिए। हमें किसी की नकल नहीं करनी चाहिए।

प्र. लेकिन हमें आजादी तो गांधीजी ने दिलाई थी, वे तो रामराज्य और ग्राम राज्य की बात करते थे। ये पूँजीवाद समाजवाद कहाँ से आ गए ?

उ. बिलकुल ठीक है। हमें आजादी के बाद गांधीजी के विचारों को ही आगे बढ़ाना चाहिए था, लेकिन आजादी के बाद गांधीवाद को भुला

दिया गया तथा हम यूरोपीय विचारों का अनुगमन करने लगे। पं. दीनदयाल उपाध्याय ने इसका विरोध किया।

प्र. ये पूँजीवाद व समाजवाद की विचारधाराएँ क्या हैं ? पं. दीनदयाल उपाध्याय को इनसे क्या शिकायत है ?

उ. वास्तव में 'पूँजीवाद' का असली नाम व्यक्तिवाद है। यूरोप में ही व्यक्तिवाद के विरोधियों ने इसे पूँजीवाद कहा। इस विचार की मान्यता है कि मानव तो केवल एक व्यक्ति है। यह विचारधारा समाज के अस्तित्व को स्वीकार नहीं करती। व्यक्ति की आजादी को ही मानव के सुख का आधार मानती है। जब आजाद व्यक्तियों ने दूसरे कमजोर व्यक्तियों का शोषण शुरू कर दिया, समाज में विषमता आ गई तब यूरोप के एक महापुरुष कार्ल मार्क्स ने कहा कि वास्तव में मानव व्यक्ति नहीं है, वरन् समाज है। समाज में समता लाने के लिए व्यक्तियों की आजादी को नियंत्रित करना चाहिए। मानव केवल व्यक्ति है, समाज नहीं तथा मानव केवल समाज है, व्यक्ति नहीं। यूरोप के विद्वानों की इस बहस में से व्यक्तिवाद व समाजवाद नामक विचारधाराओं का विकास हुआ। ये दोनों विचार भौतिकतावादी हैं। दोनों ही आध्यात्मिकता का निषेध करते हैं। दीनदयालजी को सबसे बड़ी शिकायत इन विचारों की विदेशियत से थी। दूसरी शिकायत थी कि ये विचार भौतिकवादी हैं, जबकि मानव केवल भौतिकवादी नहीं हो सकता, मानव की आध्यात्मिक आवश्यकताएँ भी हैं तथा इन दोनों का विकास मानवता के लिए जरूरी है। दीनदयालजी की तीसरी शिकायत थी कि ये विचारधाराएँ मानव को व्यक्ति तथा समाज में बाँटती हैं। जब कि व्यक्ति व समाज को इस तरह बाँटा नहीं जाना चाहिए।

प्र. दीनदयाल उपाध्याय खुद इस समस्या का क्या समाधान देते थे ?

उ. दीनदयालजी ने कहा, भारतीय परंपरा, जिसमें गांधीजी भी शामिल हैं, वह मानव को व्यक्ति व समाज में बाँटती नहीं है तथा न ही मानव को केवल भौतिक इकाई मानती है।

प्र. तो भारतीय परंपरा मानव को क्या मानती है ?

उ. भारतीय परंपरा मानव को 'एकात्म' मानती है। एकात्म, यानी जिसको बाँटा नहीं जा सकता। न बाँटी जा सकने वाली इकाई को 'एकात्म' कहते हैं। समाज और व्यक्ति इस प्रकार जुड़े हुए हैं, उन्हें अलग-अलग नहीं किया जा सकता। मानव व्यक्ति के रूप में समाज का अभिन्न अंग होता है। व्यक्ति परिवार के बिना नहीं रह सकता। परिवार अपने ग्राम, शहर या मोहल्ले के बिना नहीं रह सकता। ग्राम, शहर से भी आगे देश व दुनिया की इकाइयाँ हैं। व्यक्ति इन सभी सामुदायिकताओं का हिस्सा है, इनसे स्वतंत्र नहीं है। एकात्म मानव का सुख व्यक्ति व समाज में बँटा हुआ नहीं वरन् एकात्म होता है।

प्र. क्या व्यक्तिवादी व समाजवादी इन बातों को नहीं मानते ?

उ. हाँ, व्यक्तिवादी विचारक समाज को बंधनकारी मानकर व्यक्ति की स्वतंत्रता की वकालत करते हैं तथा समाजवादी लोग, व्यक्ति को लालची मानकर उस पर समाज का नियंत्रण चाहते हैं। व्यक्तिवादी कहते हैं—'स्वतंत्रता' में ही सुख है तथा समाजवादी कहते हैं कि सुख के लिए समानता जरूरी है। दीनदयाल उपाध्याय कहते हैं—मानव को स्वतंत्रता व समता दोनों की जरूरत है। स्वतंत्रता व समानता को परस्पर विरोधी बनाना भूल है। उन्हें परस्पर पूरक बनाना चाहिए।

प्र. पं. दीनदयाल उपाध्याय और क्या कहते हैं ?

उ. वे कहते हैं—'मानव' केवल व्यक्ति व समाज के रूप में ही 'एकात्म' नहीं है, वह इस संसार यानी प्रकृति का भी अविभाज्य अंग है। अत: मानव यदि प्रकृति के साथ अनुचित व्यवहार करेगा तो दु:खी हो जाएगा। भारतीय परंपरा प्रकृति को 'माता' का दर्जा देती है। प्रकृति को प्रदूषित करना पाप है। यह सृष्टि केवल व्यक्ति और समाज से नहीं बनती, मानव को प्रकृति के साथ समुचित व्यवहार करना सीखना चाहिए।

प्र. यह बात तो ठीक लगती है, क्या यूरोप की विचारधाराएँ इसको नहीं मानतीं ?

उ. वे 'प्रकृति पर विजय' की कामना करते हैं। प्रकृति का अनियंत्रित

उपभोग कर उन्होंने मानवता के सम्मुख संकट खड़े कर दिए हैं। भौतिकतावाद एवं भोगवाद उनकी विचारधाराओं से जुड़े हुए हैं।

प्र. इस संदर्भ में भारतीय मत क्या है ?

उ. पं. दीनदयाल उपाध्याय कहते हैं कि भारत एक आध्यात्मिक तत्त्व को मानवता का अटूट हिस्सा मानता है। यह अनुभूति का क्षेत्र है। भारत उस परमात्मा के किसी एक रूप या पूजा-पद्धति का अनुयायी नहीं है, बल्कि आध्यात्मिक उत्कर्ष के विविध आयामों का यहाँ विकास हुआ है। इसी कारण सभी प्राणियों में एक ही आत्मा का निवास, जीव दया का भाव तथा अहिंसा आदि गुणों का यहाँ विकास हुआ। दीनदयाल उपाध्याय आध्यात्मिकता को भी मानव की एकात्मता का हिस्सा मानते हैं तथा उसकी अनदेखी करने को खतरनाक मानते हैं। एकात्म मानववाद को पूरा व ठीक से जानने के लिए हमें पं. दीनदयाल उपाध्याय को पढ़ना चाहिए।

आगे के पृष्ठों में उन्हीं के चार भाषण एकात्म मानववाद अथवा एकात्म मानवदर्शन को समझने में मदद करते हैं।

ये चारों भाषण पं. दीनदयाल उपाध्याय ने जनसंघ के कार्यकर्ताओं के सम्मुख 22-25 अप्रैल, 1965 को मुंबई (तत्कालीन बंबई) में दिए थे।

□

राष्ट्रवाद की सम्यक् अवधारणा

अंग्रेजों के शासनकाल में देश में जितने भी आंदोलन चले और देश की जितनी भी राजनीति चलती रही, उन सबका एक ही लक्ष्य था कि अंग्रेजों को हटाकर हम स्वराज्य प्राप्त करें। स्वराज्य के बाद हमारा रूप क्या होगा? हम किस दिशा में आगे बढ़ेंगे? इसका बहुत कुछ विचार नहीं हुआ था। 'बहुत कुछ' शब्द का मैंने प्रयोग इसलिए किया है कि 'बिलकुल विचार नहीं हुआ था', यह कहना ठीक नहीं होगा। ऐसे लोग थे, जिन्होंने उस समय भी बहुत सी बातों पर विचार किया था। स्वयं गांधीजी ने 'हिंद स्वराज्य' लिखकर उसमें स्वराज्य आने के बाद भारत का चित्र क्या होगा—इस पर अपने विचार रखे थे। उसके पहले लोकमान्य तिलक ने भी 'गीता रहस्य' लिखकर, संपूर्ण आंदोलन के पीछे की तात्त्विक भूमिका क्या होगी—इसका विवेचन किया था। साथ ही उस समय विश्व में जो भिन्न-भिन्न विचार सारणियाँ चल रही थीं, उनकी भी तुलनात्मक दृष्टि से आलोचना की थी।

इसके अतिरिक्त समय-समय पर कांग्रेस या दूसरे राजनीतिक दलों ने जो प्रस्ताव स्वीकार किए, उनमें भी ये विचार प्रकट हुए थे। किंतु उन सबका जितना गंभीर अध्ययन होना चाहिए था, उतना उस समय तक नहीं हुआ था, क्योंकि सबके सामने प्रमुख प्रश्न यही था कि पहले हम अंग्रेजों को निकालें, फिर अपने घर का निर्माण कैसे करेंगे, इसका विचार कर लेंगे। इसलिए यदि विचारों के मतभेद भी कहीं थे तो लोगों ने उनको दबाकर रखा था। यहाँ तक कि समाजवाद के आधार पर आगे का भारत बनना चाहिए, इस तरह का विचार करनेवाले जो लोग थे, वे कांग्रेस के अंदर ही एक सोशलिस्ट पार्टी

बनाकर काम करते रहे। उसके बाहर निकलकर उन्होंने अलग से कार्य करने का प्रयत्न नहीं किया। क्रांतिकारी भी अपने-अपने विचारों के अनुसार स्वराज्य के लिए काम करते थे। इसी प्रकार और भी लोग थे, किंतु प्रमुखता इसी बात की रही कि पहले देश को स्वतंत्र कर लिया जाए।

अत: देश स्वतंत्र होने के बाद स्वाभाविक रूप से यह प्रश्न हम सब लोगों के सामने आना चाहिए था कि अब हमारे देश की दिशा क्या होगी? किंतु सबसे बड़ा आश्चर्य तो यह है कि देश की स्वतंत्रता के बाद भी, जितने गंभीर रूप से इस प्रश्न पर विचार करना चाहिए था, उतने गंभीर रूप से लोगों ने विचार नहीं किया और आज भी 16-17 वर्ष देश को स्वतंत्र हुए हो गए, हम यह नहीं कह सकते कि कोई दिशा निश्चित हो गई है।

भारत किधर जानेवाला है?

समय-समय पर कांग्रेस या दूसरे दल के लोगों ने कल्याणकारी राज्य, समाजवाद, उदारमतवाद आदि का ध्येय अवश्य घोषित किया है, विविध नारे लगाए हैं, परंतु ये जितने नारे लगाने वाले लोग हैं, उनके सामने उन सब विचारधाराओं का नारे से अधिक कोई महत्त्व नहीं रहा। यह बात मैं इसलिए कह रहा हूँ कि इसका मुझे अनुभव है। एक बार एक सज्जन से बातचीत हो रही थी। वे कह रहे थे कि कांग्रेस के विरुद्ध मिलजुलकर हमें एक मोर्चा बनाना चाहिए, ताकि अच्छी तरह से लड़ सकें। राजनीतिक दृष्टि से समय-समय पर इस प्रकार की नीतियाँ लेकर दल चलते हैं और इसलिए उनके प्रस्ताव में कोई अनुचित बात नहीं थी, किंतु बात करते-करते मैंने सहज पूछ लिया, "हम लोग मोर्चा तो शायद बना लेंगे, परंतु थोड़ा-बहुत कार्यक्रम पर भी विचार कर लिया जाए तो बहुत अच्छा होगा। कौन सा आर्थिक कार्यक्रम लेकर चलें? कौन सा राजनीतिक कार्यक्रम लेकर चलें? इन प्रश्नों पर भी विचार करना चाहिए।"

इस पर उन्होंने सहज भाव से कह दिया कि इसकी कोई चिंता करने की आवश्यकता नहीं है, आपको जो पसंद हो, स्वीकार कर लीजिए। हम तो घोर साम्यवादी कार्यक्रम से लेकर बिलकुल पूँजीवादी कार्यक्रम तक, जो आप चाहें, उसका समर्थन कर देंगे। उनको किसी भी कार्यक्रम में कोई आपत्ति

नहीं थी। उद्देश्य केवल इतना ही था कि किसी–न–किसी प्रकार से कांग्रेस को हरा देना चाहिए। आज भी बहुत बार लोग कहते हैं कि कम्युनिस्टों तथा बाकी सब लोगों से मिलकर भी कांग्रेस को हरा दिया जाए।

साँप-नेवला एक साथ

केरल में अभी–अभी चुनाव हुए हैं। उसमें कम्युनिस्ट, मुसलिम लीग, स्वतंत्र पार्टी, संयुक्त सोशलिस्ट पार्टी, विद्रोही कांग्रेस के नाम से बनी पार्टी, क्रांतिकारी सोशलिस्ट पार्टी आदि जितनी भी पार्टियाँ हैं, इनमें आपस में भिन्न–भिन्न प्रकार से गठबंधन हुए। इन गठबंधनों के कारण यह पता नहीं लग सकता था कि इनके कोई राजनीतिक सिद्धांत, विचार अथवा आदर्श भी हैं या नहीं। विचारों की दृष्टि से यह स्थिति है। कांग्रेस में भी यह बात दिखाई दे रही है। यद्यपि कांग्रेस के लोग जो बोलते है, उसमें यही दिखाई देता है कि वहाँ पर एक निश्चित सिद्धांत, निश्चित कार्यक्रम नहीं है। घोर कम्युनिस्ट विचारधारा वाले भी कांग्रेस के अंदर विद्यमान हैं और कम्युनिज्म का डटकर विरोध करते हुए पूँजीवादी विचारधारा वाले भी कांग्रेस के अंदर विद्यमान हैं।

'अहि–नकुल योग' के अनुसार नेवले और साँप के सह–अस्तित्व का कोई यदि जादू का पिटारा हो सकता है तो वह आज की कांग्रेस है।

हमें आत्मभिमुखी होना पड़ेगा

उपर्युक्त स्थिति में हम आगे बढ़ सकेंगे या नहीं, इसका हमें विचार करना चाहिए। देश में आज की अनेक समस्याओं की कारण मीमांसा करें तो पता चलेगा कि अपने गंतव्य और उसकी दिशा का अज्ञान ही बहुतांश में आज की अवस्था के लिए जिम्मेदार है। यह तो मैं मानता हूँ कि हिंदुस्तान के सभी लोग सब प्रश्नों पर अथवा किसी एक प्रश्न पर भी पूर्णतः एक विचार और एकमत नहीं हो सकते। किसी भी देश में यह संभव नहीं है। फिर भी राष्ट्र की एक 'सामान्य इच्छा' नाम की कोई वस्तु होती है। उसको आधार बनाकर काम किया जाए तो सर्व सामान्य व्यक्ति को लगता है कि मेरे मन के अनुसार काम हो रहा है। उसमें से विचारों की अधिकतम एकता भी

पैदा होती है। अक्तूबर-नवंबर 1962 में कम्युनिस्ट चीन के आक्रमण के समय जनता की अवस्था इस तथ्य का अच्छा उदारहण है। उस समय देश में एक उत्साह की लहर पैदा हो गई थी। कर्म और त्याग दोनों की शक्ति जाग्रत् हो गई थी। जनता और सरकार के बीच भिन्न-भिन्न दलों के बीच, नेता और जनता के बीच कोई खाई नहीं दिखाई देती थी। यह सब कैसे हुआ? परकीय सत्ता द्वारा लाई गई आपत्ति ने हमें आत्माभिमुखी बनाया। सरकार ने वह नीति अपनाई, जो जनता के मन के अनुसार तथा पुरुषार्थ का आह्वान करनेवाली थी। फलतः हम सब एक होकर खड़े हो गए थे।

समस्याओं का कारण—'स्व' के प्रति दुर्लक्ष्य

आवश्यकता है कि अपने 'स्व' का विचार किया जाए। बिना उसके स्वराज्य का कोई अर्थ नहीं, स्वतंत्रता हमारे विकास और सुख का साधन नहीं बन सकती। जब तक हमें अपनी वास्तविकता का पता नहीं, तब तक हमें अपनी शक्तियों का ज्ञान नहीं हो सकता और न उनका विकास ही संभव है। परतंत्रता में समाज का 'स्व' दब जाता है। इसलिए राष्ट्र स्वराज्य की कामना करते हैं, जिससे वे अपनी प्रकृति और गुणधर्म के अनुसार प्रयत्न करते हुए सुख की अनुभूति कर सकें। प्रकृति बलवती होती है। उसके प्रतिकूल काम करने से अथवा उसकी ओर दुर्लक्ष्य करने से कष्ट होते हैं। 'प्रकृति' का उन्नयन कर उसे 'संस्कृति' बनाया जा सकता है, पर उसकी अवहेलना नहीं की जा सकती। आधुनिक मनोविज्ञान बताता है कि किस प्रकार मानव-प्रकृति एवं भावों की अवहेलना से जीवन अनेक रोगों का शिकार हो जाता है। ऐसा व्यक्ति प्रायः उदासीन एवं अनमना रहता है। उसकी कर्मशक्ति क्षीण हो जाती है अथवा विकृत होकर विपथगामिनी बन जाती है। व्यक्ति के समान राष्ट्र भी प्रकृति के प्रतिकूल चलने पर अनेक व्यथाओं के शिकार बनते हैं। आज भारत की अनेक समस्याओं का यही कारण है।

राजनीति में अवसरवादिता

राष्ट्र का मार्गदर्शन करनेवाले तथा राजनीति के क्षेत्र में काम करनेवाले अधिकांश व्यक्ति इस प्रश्न की ओर उदासीन हैं। फलतः भारत की राजनीति

अवसरवादी एवं सिद्धांतहीन व्यक्तियों का अखाड़ा बन गई है। राजनीतिज्ञों तथा राजनीतिक दलों के न कोई सिद्धांत एवं आदर्श हैं और न कोई आचार संहिता। एक दल छोड़कर दूसरे दल में जाने में व्यक्ति को कोई संकोच नहीं होता। दलों के विघटन अथवा विभिन्न दलों की युति भी होती है तो वह किसी तात्त्विक मतभेद अथवा समानता के आधार पर नहीं, प्रत्युत उसके मूल में चुनाव और पद ही प्रमुख रूप से रहते हैं। 1937 में जब हाफिज़ मुहम्मद इब्राहीम मुसलिम लीग के टिकट पर चुने जाने के बाद कांग्रेस में सम्मिलित हुए तो उन्होंने स्वस्थ राजनीतिक परंपरा के अनुसार विधानसभा से त्यागपत्र देकर पुनः कांग्रेस के टिकट पर चुनाव लड़ा और जीतकर आए। 1948 में जब कांग्रेस से अलग हटकर सोशलिस्ट पार्टी का निर्माण हुआ तब सभी सोशलिस्टों ने, जो विधानमंडलों के सदस्य थे, त्यागपत्र देकर अपने-अपने क्षेत्र से पुनः चुनाव लड़े। किंतु उसके बाद किसी ने इस परंपरा का निर्वाह नहीं किया। अब राजनीतिक क्षेत्र में पूर्ण स्वैराचार है। इसी का परिणाम है कि आज सभी के विषय में जनता के मन में समान रूप से अनास्था है। ऐसा एक भी व्यक्ति नहीं कि जिसकी आचरणहीनता के विषय में कुछ कहा जाए तो जनता विश्वास न करे। इस स्थिति को बदलना होगा। बिना उसके समाज में व्यवस्था और एकता स्थापित नहीं की जा सकती।

हम किस ओर चलें?

हम किस ओर चलें? राष्ट्र के सामने यह प्रश्न है। कुछ लोग कहते हैं कि राष्ट्र के परतंत्र होने के पूर्व एक हजार वर्ष पहले जहाँ हमने राष्ट्र-जीवन का सूत्र छोड़ दिया था, वहाँ से हम उसे आगे बढ़ाएँ, पर राष्ट्र कोई वस्त्र या पुस्तक के समान निर्जीव वस्तु तो नहीं है, जिसे बुनते या गढ़ते समय जहाँ एक बार छोड़ दिया, वहाँ से फिर किसी विशेष अवधि के बाद उसे आगे बढ़ाया जा सके। फिर यह कहना भी युक्तिसंगत नहीं होगा कि परतंत्रता के साथ एक हजार वर्ष पूर्व हमारे जीवन का सूत्र एकदम टूट गया तथा तब से अब तक हम पूर्णतया निष्क्रिय अथवा गतिहीन रहे हैं। बदली हुई परिस्थितियों में हमने अपने जीवन को बनाए रखने तथा स्वतंत्रता के लिए संघर्ष करने में अपने जीवन को अभिव्यक्त किया। हमारे जीवन का प्रवाह अवरुद्ध नहीं

रहा, वह आगे बढ़ता गया है। गंगा की धारा को लौटाने का प्रयत्न बुद्धिमानी नहीं होगी। बनारस की गंगा हरिद्वार के समान शीतल एवं स्वच्छ चाहे न हो, परंतु उतनी ही पवित्र एवं मुक्तिदायिनी है। उसमें मिलने वाले जिन नदी-नालों को उसने आत्मसात् कर लिया है, उनकी कलुषता तथा गंदगी की ओर ध्यान देने की आवश्यकता नहीं है। वे गंगा में मिलकर गंगा ही बन गए हैं। अब तो गंगा के प्रवाह को आगे ही बढ़ाना होगा।

यदि संपूर्ण स्थिति इतनी ही होती तब तो कोई कठिनाई नहीं थी। विश्व में हम अकेले ही तो नहीं हैं। दूसरे राष्ट्र भी हैं। उन्होंने पिछले एक हजार वर्ष में अभूतपूर्व उन्नति की है। हमारा संपूर्ण ध्यान तो अपनी स्वतंत्रता के लिए लड़ने तथा अपनी रक्षा के प्रयत्नों में ही लगा रहा है। विश्व की इस प्रगति में हम सहभागी नहीं हो पाए। अब जब हम स्वतंत्र हो गए हैं तो क्या हमारा कर्तव्य नहीं हो जाता कि हम अपनी इस कमी को शीघ्रातिशीघ्र पूरा करके विश्व के इन प्रगत देशों के साथ खड़े हो जाएँ? यहाँ तक तो, मैं समझता हूँ, मतभेद की कोई संभावना नहीं है।

स्वदेशी की भावना सर्वव्यापी हो

समस्या तब पैदा होती है, जब हम पश्चिम की प्रगति के कारणों तथा परिणामों अथवा वास्तविकताओं एवं भासमानों के संबंध में ठीक-ठीक निर्णय नहीं कर पाते। यह कठिनाई तब और बढ़ जाती है, जब हम यह देखते हैं कि इन प्रगत देशों में से एक ने हमारे ऊपर डेढ़ सौ वर्षों तक राज्य किया तथा अपने राज्यकाल में उसने ऐसे अनेक उपाय किए, जिससे हमारे अंदर अपने प्रति तिरस्कार तथा उसके विषय में आदर का भाव पैदा हो जाए। पश्चिम के ज्ञान-विज्ञान के साथ ही पश्चिमी देशों के रहन-सहन, बोलचाल, खानपान आदि की रीतियाँ भी इस देश में आईं। भौतिक-विज्ञान ही नहीं, अपितु नीतिशस्त्र, राज्यव्यवस्था, अर्थनीति तथा समाज-धारणा के क्षेत्र में भी इन देशों के मानदंड हमारे मानक बन गए। आज भारत के शिक्षित वर्ग के जीवन-मूल्यों पर पश्चिम का यह प्रभाव स्पष्ट दिखाई देता है। हमें निर्णय करना पड़ेगा कि यह प्रभाव अच्छा है या बुरा। जब तक अंग्रेज थे, तब तक तो हम स्वदेशी की भावना से अंग्रेजियत को दूर रखने में ही गौरव समझते

थे, किंतु अब जब अंग्रेज चले गए हैं तो अंग्रेजियत गौरव की वस्तु बन गई है। यदि यह सत्य है तो अंग्रेजियत के मोहावरण का परित्याग करना ही हमारे लिए श्रेयस्कर होगा। पर कुछ ऐसे भी लोग हैं, जो पाश्चात्य राजनीति एवं अर्थनीति की दिशा को ही प्रगति की दिशा समझते हैं और इसलिए भारत पर वहाँ की स्थिति का प्रक्षेपण करना चाहते हैं। अतः भारत की भावी दिशा का निर्णय करने से पूर्व यह उचित होगा कि हम पश्चिम की राजनीति के वैचारिक अधिष्ठान तथा उनकी वर्तमान अवस्था का विचार कर लें।

यूरोप में राष्ट्रों का उदय

जिन विचारधाराओं ने यूरोपीय राजनीति एवं जीवन को विशेषतः प्रभावित किया है उनमें राष्ट्रवाद, प्रजातंत्र तथा समाजवाद की प्रमुख रूप से गणना की जा सकती है। इनके साथ ही विश्व-एकता तथा शांति का स्वप्न देखनेवाले भी वहाँ हुए हैं और उस दिशा में कुछ प्रयत्न किए जा रहे हैं।

इन विचारों में राष्ट्रवाद सबसे पुराना तथा बलशाली है। रोम के साम्राज्य के पतन के बाद तथा रोमन कैथोलिक चर्च के प्रति विद्रोह अथवा उसके प्रभाव में कमी के कारण यूरोप में राष्ट्रों का उदय हुआ। यूरोप का पिछला एक हजार वर्ष का इतिहास देखें तो इन राष्ट्रों ने यूरोप महाद्वीप से बाहर जाकर अपने उपनिवेश बनाए तथा दूसरे स्वतंत्र देशों को गुलाम बनाया। राष्ट्रवाद के उदय के कारण राष्ट्र और राज्य की एकता प्रवृत्ति भी बढ़ी तथा राष्ट्र राज्य (Nation State) का यूरोप में उदय हुआ। साथ ही रोमन कैथोलिक चर्च के केंद्रीय प्रभाव में कमी होकर या तो राष्ट्रीय चर्च का निर्माण हुआ या मजहब का। मजहबी गुरुओं का राजनीति में कोई विशेष स्थान नहीं रहा। इस प्रकार सेक्यूलर स्टेट की कल्पना का जन्म हुआ।

यूरोप में प्रजातंत्र का जन्म

दूसरी क्रांतिकारी कल्पना प्रजातंत्र की है, जिसका यूरोप की राजनीति पर महत्त्वपूर्ण प्रभाव हुआ है। प्रारंभ में तो जितने राष्ट्र बने, उनमें राजा ही शासनकर्ता रहा। किंतु राजा की निरंकुशता के विरुद्ध जनता में धीरे-धीरे जागरण हुआ तथा औद्योगिक क्रांति के कारण तथा अंतरराष्ट्रीय व्यापार के

परिणामस्वरूप सभी देशों में व्यापारी वर्ग का प्रादुर्भाव हुआ। स्वभावतः इनका पुराने सामंतों तथा राजाओं से संघर्ष हुआ। इस संघर्ष ने 'प्रजातंत्र' की तात्त्विक भूमिका ग्रहण की। यूनान के नगर-गणराज्यों से इस विचारधारा का उद्‌गम ढूँढ़ा गया। प्रत्येक नागरिक की समानता, बंधुता और स्वतंत्रता के आदर्श के सहारे जनसाधारण को इस तत्त्व के प्रति आकृष्ट किया गया। फ्रांस में बड़ी भारी राज्यक्रांति हुई। इंग्लैंड में भी समय-समय पर आंदोलन हुए। लोकतंत्र की जनमन पर पकड़ हुई। राजवंश या तो समाप्त कर दिए गए अथवा उसके अधिकार मर्यादित कर वैधानिक राजपद्धति की नींव डाली गई। आज लोकतंत्र यूरोप की मान्य पद्धति है। जिन्होंने लोकतंत्र की अवहेलना की, वे भी लोकतंत्र के प्रति निष्ठा व्यक्त करने में कमी नहीं करते। हिटलर, मुसोलिनी तथा स्टालिन जैसे तानाशाहों ने भी लोकतंत्र को अमान्य नहीं किया था।

व्यक्ति का शोषण होता रहा

लोकतंत्र ने यद्यपि प्रत्येक नागरिक को मतदान का अधिकार दिया, किंतु जिन लोगों ने प्रजातंत्र का नेतृत्व किया था, शक्ति उन्हीं के हाथों में रही। औद्योगिक क्रांति के परिणामस्वरूप उत्पादन की नई पद्धति पर विश्वास हो गया था। स्वतंत्र रहकर घर में काम करनेवाला श्रमिक अब कारखानेदार का नौकर बनकर काम करने लगा था। अपना गाँव छोड़कर वह नगरों में आ बसा था। वहाँ उसके आवास की व्यवस्था बहुत अधूरी थी। कारखानों में जिस ढंग से काम होता था, उसके कोई नियम नहीं थे। मजदूर असंगठित एवं दुर्बल था। वह शोषण, अन्याय और उत्पीड़न का शिकार हो गया था। राज्य की शक्ति जिनके हाथों में थी, वे भी उसी वर्ग में से थे, जो उनका शोषण कर रहे थे। अतः राज्य से भी कोई आशा नहीं बची थी।

इस अन्यायपूर्ण अवस्था के विरुद्ध विद्रोह की स्थिति में सुधार की भावना लेकर कई महापुरुष खड़े हुए। उन्होंने अपने आपको समाजवादी कहा। कार्ल मार्क्स भी इन समाजवादियों में से एक है। उसने विद्यमान अन्याय का विरोध करने के प्रयत्न में अर्थव्यवस्था तथा इतिहास का अध्ययन कर एक विश्लेषण प्रस्तुत किया। कार्ल मार्क्स की विवेचना के बाद समाजवाद

एक वैज्ञानिक आधार पर खड़ा हो गया। बाद के समाजवादियों ने मार्क्स को माना हो या नहीं, किंतु उनके विचारों पर उसकी छाप अवश्य है।

सर्वहारा की तानाशाही

वैज्ञानिक समाजवाद के अनुसार उत्पादन के साधनों का व्यक्तिगत स्वामित्व ही शोषण की जड़ है। यदि इन साधनों को समाज (जो इनकी दृष्टि में राज्य ही समाज है) के हाथों में दे दिया जाए तो शोषण समाप्त हो जाएगा। किंतु इसके पूर्व राज्य को 'शोषक वर्ग' के चंगुल से निकालना होगा तथा यह व्यवस्था करनी होगी कि वह उनके अधीन कभी न रहे। इस हेतु प्रोलिटेरिएट डिक्टेटरशिप (Dictatorship of the Proletariat) अर्थात् 'सर्वहारा की तानाशाही' स्थापित करनी होगी। समाज इस तानाशाही को सहन कर ले, इस हेतु उसके सामने यह आदर्श भी रखा गया कि शोषकों की समाप्ति तथा उनके द्वारा प्रतिक्रांति की सभी संभावनाओं के नष्ट होने के उपरांत राज्य की फिर आवश्यकता नहीं होगी। तब एक राज्यविहीन आदर्श समाज की उत्पत्ति होगी। कार्ल मार्क्स ने अर्थव्यवस्था का विवेचन कर यह भी बताया कि पूँजीवाद में ही उसके विनाश के बीज छिपे हुए हैं तथा समाजवाद अवश्यंभावी है

अनेक वादों से त्रस्त : कोई मार्ग नहीं

यूरोप के कुछ देशों में समाजवाद के नाम पर राजनीतिक क्रांतियाँ हुईं। जहाँ लोगों ने समाजवाद को स्वीकार नहीं किया, वहाँ भी राज्यकर्ताओं को श्रमिक के अधिकारों को मान्य करना पड़ा तथा कल्याणकारी राज्य का आदर्श सामने रखा गया।

राष्ट्रवाद, प्रजातंत्र, समाजवाद या समता-समाजवाद के मूल में समता का ही भाव है, समता समानता से भिन्न है, इसे (Equitability) का पर्याय मान सकते हैं। इन तीन प्रवृत्तियों ने यूरोप की राजनीति को प्रभावित किया है। यह सब ऐसे आदर्श हैं, जो अच्छे हैं। मानव की दैवी प्रवृत्तियाँ में से इनका जन्म हुआ है। किंतु अपने में कोई भी विचार पूर्ण नहीं। इतना ही नहीं, इनमें से प्रत्येक आदर्श व्यवहार में एक-दूसरे का घातक बन जाता है। राष्ट्रवाद विश्वशांति के लिए खतरा पैदा करता है। प्रजातंत्र पूँजीवाद के मेल

से शोषण का कारण बन गया। पूँजीवाद को समाप्त कर समाजवाद आया तो उसने प्रजातंत्र तथा उसके साथ ही व्यक्ति की स्वतंत्रता की ही बलि ले ली। अतः आज पश्चिम के सामने यह प्रश्न खड़ा है कि इन सभी अच्छी बातों का तालमेल कैसे बैठाया जाए?

भिन्न समाज : भिन्न विचार

पश्चिम के लोग यह तालमेल नहीं बैठा पाए। हाँ, समय-समय पर वहाँ कुछ लोगों ने इन विचारों में से कुछ को महत्त्व देकर उनका गठजोड़ करने का अवश्य प्रयत्न किया है। इंग्लैंड ने प्रजातंत्र और राष्ट्रवाद का मेल बैठाकर अपना राजनीतिक ढाँचा विकसित किया, किंतु फ्रांस यह काम नहीं कर पाया। वहाँ लोकतंत्र राष्ट्र के लिए अस्थिरता का कारण बन गया। ब्रिटेन की लेबर पार्टी समाजवाद और जनतंत्र का मेल बैठाकर चलना चाहती है। किंतु वहाँ ऐसे लोग हैं, जो आशंका प्रकट कर रहे हैं कि यदि समाजवाद आया तो जनतंत्र नहीं रहेगा। लेबर पार्टी अभी भी समाजवाद के नाम पर राष्ट्रीयकरण की उतनी समर्थक नहीं रही जितना 'वैज्ञानिक समाजवाद' चाहता है। उसका समाजवाद कुछ नरम हो गया है। हिटलर और मुसोलिनो ने 'नेशनल सोशलिज्म' अपनाया। उन्होंने जनतंत्र को तिलांजलि दे दी। अंत में सोशलिज्म भी उनके नेशनलिज्म का अनुचर बन गया तथा उनका राष्ट्रवाद विश्व के लिए संकट।

निस्संदेह आज विश्व से हम कुछ लें, परंतु विश्व ऐसी स्थिति में नहीं है कि हमारा कुछ मार्गदर्शन कर सके। वह तो स्वयं चौराहे पर है। ऐसी अवस्था में हम उससे किसी प्रकार का भी मार्गदर्शन नहीं पा सकते। हमें तो यह सोचना चाहिए कि अब तक की विश्व की प्रगति देखते हुए कहीं ऐसी भी संभावना है या नहीं कि हम उसकी प्रगति में अपना भी योगदान कर सकें? विश्व की प्रगति का अध्ययन कर लेने के बाद क्या हम भी उन्हें कुछ दे सकते हैं? यह विचार हमें विश्व का अंग बनकर करना चाहिए। हम केवल स्वार्थी न बनकर विश्व की प्रगति में सहयोगी बनें। यदि हमारे पास कोई ऐसी वस्तु है, जिससे कि विश्व को लाभ होगा तो वह देने में हमें कोई आपत्ति नहीं होनी चाहिए। मिलावट के युग के अनुरूप

विशुद्ध विचारों को विकृत करके उनका मिश्रित रूप न लें, बल्कि उनको सुधार कर तथा मंथन करके उन्हें ग्रहण करना चाहिए। हमें विश्व पर बोझ बनकर नहीं, उसकी समस्याओं के छुटकारे में सहायक बनकर रहना चाहिए। हमारी परंपरा और संस्कृति विश्व को क्या दे सकती है, यह हमें विचार करना है।

(22 अप्रैल, 1965)

□

एकात्म मानववाद

आज स्वतंत्रता-प्राप्ति के 17 वर्ष उपरांत भी भारत के सामने एक महत्त्वपूर्ण प्रश्न बना हुआ है कि संपूर्ण जीवन की रचनात्मक दृष्टि से कौन सी दिशा ली जाए? इस संबंध में सामान्यतया लोग सोचने के लिए तैयार नहीं हैं। वे तो तात्कालिक प्रश्नों का ही विचार करते हैं। कभी आर्थिक प्रश्नों को लेकर उनको सुलझाने का प्रयत्न होता है और कभी राजनीतिक अथवा सामाजिक प्रश्नों को सुलझाने के प्रयत्न किए जाते हैं। किंतु मूल दिशा का पता न होने के कारण, ये जितने प्रयत्न होते हैं, न तो उनमें पूरा उत्साह रहता है, न उनमें आनंद का अनुभव ही होता है और न उनके द्वारा जैसी सफलता मिलनी चाहिए, वैसी सफलता भी मिल पाती है।

आधुनिक बनाम पुरातन

देश की दिशा के संबंध में विचार करनेवालों में दो प्रकार के लोग हैं। एक तो वे हैं, जो भारत की हजारों वर्षों से चली आने वाली प्रगति की दिशा पराधीन होने पर जहाँ वह रुक गया, वहाँ से उसे आगे बढ़ाना चाहिए—यह विचार लेकर चलते हैं। दूसरी ओर वे लोग हैं, जो कि भारत की उस पुरानी वस्तु का भिन्न-भिन्न कारणों से (काल के कारण से या मूलतः उस अवस्था को अयोग्य मानकर) उसके संबंध में विचार करने को तैयार नहीं। इसके विपरीत पश्चिम में जो आंदोलन हुए, राजनीतिक और आर्थिक क्षेत्रों में जो विचार-सारणियाँ जनमीं, उनको ही वे प्रगति की दिशा समझकर उन संपूर्ण विचारधाराओं और आंदोलनों को भारत के ऊपर आरोपित करने का प्रयत्न

करते हैं। भारत उन्हीं का किसी-न-किसी प्रकार से प्रतिबिंब बने, इसी विचार को लेकर वे चलते हैं। ये दोनों ही प्रकार के विचार सत्य नहीं हैं। किंतु उनको पूर्णतः अमान्य करके भी चलना ठीक नहीं होगा। कारण—उनमें सत्यांश अवश्य है।

जो यह विचार करते हैं कि जहाँ हम रुक गए थे, वहीं लौटकर पुनः चलना आरंभ करें, वे यह भूल जाते हैं कि लौटकर चलना वांछनीय हो या न हो, असंभव अवश्य है, क्योंकि समय की गति को पीछे नहीं ले जाया जा सकता।

पुराना छूट नहीं सकता

हजार वर्षों में जो कुछ हमने किया है, वह विवशता में हमें मिला हो या प्रयासपूर्वक हमने प्राप्त किया हो, उसमें से हर वस्तु को हटा करके नहीं चल सकते। साथ ही इस काल में हमने स्वयं भी कुछ-न-कुछ अपने जीवन में निर्माण किया है। जो नई परिस्थितियाँ पैदा हुईं, जो नई चुनौतियाँ आईं, उनमें हम सदैव वैरागी (Passive Agent) रूप में निष्क्रिय होकर नहीं बैठे। बाहरवालों ने जो कुछ किया, हम केवल उसका प्रतिकार ही नहीं करते रहे, हमने भी परिस्थितियों के अनुसार अपने जीवन को ढालने का प्रयत्न किया। इसलिए उस सब जीवन को भुलाकर तो चल नहीं सकते।

विदेशी विचार सार्वलौकिक नहीं

इसी प्रकार, जो लोग विदेशी जीवन तथा विचारों को भारत की प्रगति का आधार बनाकर चलना है, वे भी यह भूल जाते हैं कि ये विदेशी विचार एक परिस्थिति विशेष तथा प्रवृत्ति-विशेष की उपज हैं। ये सार्वलौकिक नहीं हैं। उन पर 'पश्चिमी देशों की राष्ट्रीयता, प्रकृति और संस्कृति' की छाप है। साथ ही वहाँ के ये बहुत से विचार अब पुराने पड़ चुके हैं कार्ल मार्क्स का सिद्धांत देश और काल दोनों ही दृष्टियों से इतना बदल चुका है कि आज हम मार्क्सवादी विश्लेषण को तोते की तरह रटकर आँख मूँदकर भारत पर लागू करें तो वह वैज्ञानिक अथवा विवेकपूर्ण दृष्टिकोण नहीं कहा जाएगा। वह रूढ़िवादिता होगी। जो अपने देश की रूढ़ियों को मिटाकर सुधारने का दावा

करें, वे विदेश की रूढ़ियों के दास बन जाएँ, यह तो आश्चर्य का विषय होगा।

अपना देश : अपनी परिस्थितियाँ

प्रत्येक देश की अपनी ऐतिहासिक, सामाजिक और आर्थिक परिस्थिति होती है और समय उस देश के जो भी नेता और विचारक होते हैं, वे उस परिस्थिति में से देश को आगे बढ़ाने की दृष्टि से मार्ग निर्धारित करते हैं। अपनी समस्याओं के समाधान के लिए जो हल उन्होंने सुझाए, वे उसी प्रकार, भिन्न परिस्थितियों में रहनेवाले समाज पर पूरी तरह लागू हो जाएँ, यह विचार करना गलत है।

एक सामान्य उदाहरण लें। विश्व भर में मनुष्यों के शरीर के अंगों की क्रिया समान होते हुए भी जो ओषधि इंग्लैंड में कारगर होती है, वह भारत में भी उपयोगी सिद्ध होगी, यह निर्विवाद नहीं कहा जा सकता। रोगों का संबंध जलवायु, आचार-विचार, खानपान तथा वंश-परंपरा से रहता है। ऊपर से देखने पर रोग एक सा दिखाई देने पर भी उसकी ओषधि सब मनुष्यों के लिए एक नहीं हो सकती। सब रोगों और सब मनुष्यों के लिए एक ही ओषधि का नारा लगाने वाले नीम-हकीम हो सकते हैं, चिकित्सक नहीं। आयुर्वेद में सिद्धांत बताया है—'यद्देशस्य यो जन्तुः तद्देश्य तस्योषधम्'। इसलिए बाहर की जितनी भी बातें हैं, उनको हम उसी प्रकार से लेकर अपने देश में चलें, यह तो समीचीन नहीं होगा। उसके द्वारा हम कभी प्रगति नहीं कर सकेंगे।

किंतु दूसरी बात का भी विचार करना होगा कि ये जितनी भी बातें विश्व में हुई हैं, ये सबकी सब ऐसी नहीं कि उनका संबंध केवल देश विशेष के साथ ही हो। वहाँ भी मानव रहते हैं और मानव के चिंतन और क्रियाओं में से जो वस्तु पैदा होती है, उसका शेष मानवों के साथ भी संबंध रह सकता है। इसलिए मानव के ज्ञान में जो कुछ अर्जित है, उससे हम बिलकुल आँख बंद करके चलें, यह भी बुद्धिमत्ता की बात नहीं होगी। उसमें से सत्य को हमें स्वीकार और असत्य को छोड़ना पड़ेगा। उसका भी अपनी परिस्थिति के अनुसार परिष्कार करना होगा। संक्षेप में यह कह सकते हैं कि जहाँ तक शाश्वत सिद्धांतों तथा स्थायी सत्यों का संबंध है, हम संपूर्ण मानव के ज्ञान और उपलब्धियों का संकलित विचार करें। इन तत्त्वों में जो हमारा है, उसे

युगानुकूल और जो बाहर का है, उसे देशानुकूल ढालकर हम आगे चलने का विचार करें।

आदर्शों का संघर्ष

पश्चिम की राजनीति अभी तक राष्ट्रीयता, प्रजातंत्र, समता या समाजवाद के आदर्शों को मानकर चली है। विश्वशांति के लिए भी बीच-बीच में प्रयत्न हुए हैं तथा विश्व-एकता के आदर्श की कल्पना भी लोगों ने की है—इन उद्‌देश्यों की प्राप्ति के साधन के रूप में लीग ऑफ नेशंस तथा दूसरे युद्ध के बाद संयुक्त राष्ट्र संघ को जन्म दिया गया। विभिन्न कारणों से ये सफल नहीं हुए। फिर भी ये उस दिशा में प्रयास तो हैं ही।

परंतु ये सभी आदर्श व्यवहार में अधूरे तथा विभिन्न समस्याओं को जन्म देने वाले सिद्ध हुए हैं। राष्ट्रीयता दूसरे देशों की राष्ट्रीयता से टकराकर उनके लिए घातक बन जाती है तथा विश्वशांति को नष्ट करती है। साथ ही विश्वशांति को यदि यथास्थिति का पर्याय मान लिया जाए तो बहुत से राष्ट्र स्वतंत्र हो ही नहीं पाएँगे।

विश्व की एकता और राष्ट्रीयता में भी टकराव आता है। कुछ लोग विश्व-एकता के लिए राष्ट्रीयता को नष्ट करने की बात कहते हैं तो दूसरे विश्व-एकता को स्वप्न जगत् की बात बताकर अपने राष्ट्र के स्वार्थों को ही सर्वाधिक महत्त्व देते हैं। दोनों का मेल कैसे बिठाया जाए, इस प्रकार की समस्या प्रजातंत्र और समाजवाद के बीच भी उपस्थित होती है?

प्रजातंत्र में व्यक्ति-स्वातंत्र्य तो है, परंतु उसका विकास पूँजीवादी व्यवस्था के साथ शोषण और केंद्रीयकरण के साधन के रूप में हुआ। शोषण मिटाने के लिए समाजवाद लाया गया, परंतु उसने व्यक्ति की स्वतंत्रता और गरिमा को ही नष्ट कर दिया। आज विश्व किंकर्तव्यविमूढ़ है। उसे मार्ग नहीं दिख रहा कि वह कहाँ जाए। पश्चिम आज इस अवस्था में नहीं कि वह निर्विवाद रूप से आत्म-विश्वासपूर्वक कह सके 'नान्यः पन्था:'। वे स्वयं मार्ग टटोल रहे हैं, अत: उनका अंधानुकरण करने से तो 'अन्धेन नीयमाना यथान्धा:' की ही उक्ति चरितार्थ होगी। इस परिस्थिति में हमारी दृष्टि भारतीय संस्कृति की ओर जाती है। क्या यह विश्व की समस्या के समाधान में कुछ योगदान कर सकती है?

संस्कृति का विचार करें

राष्ट्रीय दृष्टि से तो हमें अपनी संस्कृति का विचार करना ही होगा, क्योंकि वह हमारी अपनी प्रकृति है। स्वराज्य का स्वसंस्कृति से घनिष्ठ संबंध रहता है। संस्कृति का विचार न रहा तो स्वराज की लड़ाई स्वार्थी और पदलोलुप लोगों की राजनीतिक लड़ाई मात्र बनकर रह जाएगी। स्वराज्य तभी साकार और सार्थक होगा, जब वह अपनी संस्कृति की अभिव्यक्ति का साधन बन सकेगा। इस अभिव्यक्ति में हमारा विकास भी होगा और हमें आनंद की अनुभूति भी होगी एवं विश्वशांति भी संभव होगी।

अतः आज राष्ट्रीय और मानवीय दृष्टियों से आवश्यक हो गया है कि हम भारतीय संस्कृति के तत्त्वों का विचार करें।

भारतीय संस्कृति—एकात्मवादी

भारतीय संस्कृति की पहली विशेषता यह है कि वह संपूर्ण जीवन का, संपूर्ण सृष्टि का संकलित विचार करती है। उसका दृष्टिकोण एकात्मवादी (Integrated) है। टुकड़े-टुकड़े में विचार करना विशेषज्ञ की दृष्टि से ठीक हो सकता है, परंतु व्यावहारिक दृष्टि से उपयुक्त नहीं। पश्चिम की समस्या का मुख्य कारण उनका जीवन के संबंध में खंडशः विचार करना तथा फिर उन सबको थेगली लगाकर जोड़ने का प्रयत्न है।

हम यह तो स्वीकार करते हैं कि जीवन में अनेकता अर्थात् विविधता है, किंतु उसके मूल में निहित एकता को खोज निकालने का हमने सदैव प्रयत्न किया है। यह प्रयत्न पूर्णतः वैज्ञानिक है। विज्ञानवेत्ता का प्रयत्न रहता है कि वह जगत् में दिखनेवाली अव्यवस्था में से व्यवस्था ढूँढ़ निकाले, उनके नियमों का पता लगाए, तदनुसार व्यवहार के नियम बनाए। रसायनशास्त्रियों ने संपूर्ण भौतिक जगत् में से कुछ आधारभूत तत्त्व (Elements) ढूँढ़ निकाले और बताया कि सभी वस्तुएँ उनसे भी आगे गईं। उसने इन तत्त्वों के मूल में निहित शक्ति अर्थात् चेतना को ढूँढ़ निकाला। संपूर्ण जगत् में चेतना का अस्तित्व है।

दार्शनिक भी मूलतः वैज्ञानिक ही होते हैं। पश्चिम के दार्शनिक द्वैत तक पहुँचे। हीगेल ने थीसिस, एंटीथीसिस तथा सिनथीसिस का सिद्धांत रखा,

जिसका आधार लेकर कार्ल मार्क्स ने अपना इतिहास और अर्थशास्त्र विश्लेषण प्रस्तुत किया।

डार्विन ने 'मात्स्यन्याय' को ही जीवन का आधार माना। किंतु हमने संपूर्ण जीवन और उसकी मूलभूत एकता का दर्शन किया है। जो द्वैतवादी रहे, उन्होंने भी प्रकृति और पुरुष को एक-दूसरे का विरोधी अथवा परस्पर संघर्षशील न मानकर पूरक ही माना है। जीवन की विविधता अंतर्भूत एकता का आविष्कार है और इसलिए उनमें परस्परानुकूलता तथा परस्पर पूरकता है। बीच की एकता ही पेड़ के मूल, तना, शाखा, पत्ते, फूल और फल की विविध रूपों में प्रकट होती है। इन सबके रंग, रूप तथा कुछ-न-कुछ मात्रा में गुण में भी अंतर होता है। फिर भी उनके पास बीज के साथ के एकत्व के संबंध को हम सहज ही पहचान सकते हैं।

परस्पर संघर्ष—विकृति का द्योतक

विविधता में एकता अथवा एकता का विविध रूपों में व्यक्तीकरण ही भारतीय संस्कृति का केंद्रस्थ विचार है। यदि इस तथ्य को हमने हृदयंगम कर लिया तो फिर विभिन्न सत्ताओं के बीच संघर्ष नहीं रहेगा। यदि संघर्ष है तो वह प्रकृति का अथवा संस्कृति का द्योतक नहीं, विकृति का द्योतक है। जिस मात्स्यन्याय या जीवन-संघर्ष को पश्चिम के लोगों ने ढूँढ़ निकाला, उसका ज्ञान हमारे दार्शनिकों को था। मानव-जीवन में काम, क्रोध आदि षड्विकारों को भी हमने स्वीकार किया है। किंतु इन सब प्रवृत्तियों को अपनी संस्कृति अथवा शिष्ट व्यवहार का आधार नहीं बनाया। समाज में चोर और डाकू होते हैं। उनसे अपनी और समाज की रक्षा भी करनी चाहिए। किंतु उनको हम अनुकरणीय अथवा मानव-व्यवहार की आधारभूत प्रवृत्तियों का प्रतिनिधि मानकर नहीं चल सकते। 'जिसकी लाठी उसकी भैंस' (Survival of the fittest) जंगल का विधान है। मानव की सभ्यता का विकास इस विधान को मानकर नहीं, बल्कि यह विधान न चल पाए—इस व्यवस्था के कारण ही हुआ है। आगे भी यदि बढ़ना हो तो हमें इस इतिहास को ध्यान में रखकर ही चलना होगा।

सृष्टि में जैसे संघर्ष दिखता है, वैसे ही सहयोग भी दृष्टिगोचर होता है।

वनस्पति और प्राणी, दोनों एक-दूसरे की आवश्यकता को पूरा करते हुए ही जीवित रहते हैं। हमें ऑक्सीजन वनस्पतियों से मिलती है तथा वनस्पतियों के लिए आवश्यक कार्बन डाइऑक्साइड प्राणिजगत् से प्राप्त होती है। इस परस्पर-पूरकता के कारण ही संसार चल रहा है।

संसार में एकता का दर्शन कर, उसके विविध रूपों के बीच परस्पर-पूरकता को पहचान कर, उनमें परस्पर अनुकूलता का विकास करना तथा उसका संस्कार करना ही संस्कृति तथा उसके प्रतिकूल बनाना विकृति है। संस्कृति प्रकृति की अवहेलना नहीं करती, उसकी ओर दुर्लक्ष्य नहीं करती, बल्कि प्रकृति में, जो भावसृष्टि है, उनको बढ़ावा देकर दूसरी प्रकृतियों की बाधा को रोकना ही संस्कृति है।

एक छोटा सा उदाहरण लें। भाई-भाई का संबंध, माता-पुत्र का संबंध, पिता-पुत्र का संबंध, भाई-बहन का संबंध, ये प्रकृति की देन हैं। ये संबंध जैसे मनुष्यों में होते हैं, वैसे पशुओं में भी होते हैं। जैसे एक माँ के दो बेटे भाई हैं, वैसे एक गाय के दो बछड़े भाई होंगे। परंतु अंतर कहाँ होता है। बेचारा पशु उस प्रकृति के संबंध को भूल जाता है। उस आधार के ऊपर अपने बाकी संबंधों का निर्माण नहीं कर पाता। किंतु मानव इस बात को याद रखता है और याद रखकर उसके आधार पर अपने जीवन के व्यवहार की दिशा निश्चित करता है। इस विचार से वह अपने पारस्परिक संबंधों का निर्माण करने का प्रयत्न करता है। मानव-मूल्यों तथा उसकी निष्ठाओं का निर्धारण इसी आधार पर होता है। अच्छे और बुरे के संबंध में उसकी जो धारणाएँ निर्मित होती हैं, वे इसी आधार पर निर्मित होती हैं। देखने को तो जीवन में भाई-भाई के बीच प्रेम और वैर दोनों ही मिलते हैं, किंतु हम प्रेम को अच्छा मानते हैं। बंधु-भाव का विस्तार हमारा लक्ष्य रहता है। इसके विपरीत वैर अभीष्ट नहीं समझा जाता। वैर को मानव-व्यवहार का आधार बनाकर यदि इतिहास का विश्लेषण किया जाए और फिर उसमें एक आदर्श जीवन का स्वप्न देखा जाए तो यह आश्चर्य की ही बात होगी।

माँ बच्चों का पालन-पोषण करती है। बच्चे के लिए माँ का प्रेम सबसे बड़ा समझा जाता है। इसको आधार बनाकर ही हम जीवन का निर्माण करनेवाले व्यवहार के नियम बना सकते हैं। कहीं माँ के इस प्रेम के विपरीत भी अनुभव

आता है। बिल्ली के बारे में कहा जाता है कि प्रसव के बाद उसे इतनी भूख लगती है कि वह अपने बच्चे को भी खा जाती है। किंतु दूसरी ओर बँदरिया का बच्चा मर भी जाए, तो भी वह उसे चिपकाए घूमती है। दोनों बातें देखने को मिलती हैं। अब प्रकृति के इन दो नियमों में से किस नियम को ढूँढ़कर हम जीवन का आधार बनाकर चलें? हमरा निर्णय तो यही होगा कि जो जीवन के लिए सहायक और पोषक है, उसे ही हम आधार बनाएँ, इसके प्रतिकूल चलेंगे तो वह संस्कृति नहीं होगी। मनुष्य की प्रकृति में दोनों बाते हैं। मनुष्य की प्रकृति में क्रोध भी है, लोभ भी है और तपस्या भी है। ये सब मनुष्य के जीवन में हैं। यदि हम काम, क्रोध, मोह और लोभ को आधार बनाकर जीवन का विचार करें और कहें कि अंततः सब लोग क्रोधी होते हैं, हर एक को क्रोध आता है, पशु को भी क्रोध आता है, इसलिए वही जीवन का मानदंड होना चाहिए—क्रोध को ठीक मानकर तथा लोगों को क्रोध की सलाह देकर यदि हम व्यवस्था बनाएँ तो वे चल नहीं पाएँगी। अतः सर्वत्र कहा है कि क्रोध आने के बाद भी मनुष्य उसे रोक सकता है, उसका दमन कर सकता है और इसलिए हमें उसका दनन करना चाहिए। अतः 'दमन' हमारे जीवन का आधार हो सकता है, 'क्रोध' नहीं।

इस प्रकार जीवन के जो नियम होते हैं, उन्हीं नियमों को 'नीति शास्त्र के नियम' कहते हैं। ये नियम कोई तय नहीं करता। यानी क्रोध आने पर हमें क्रोध को प्रकट नहीं करना चाहिए, बल्कि शांत रहना चाहिए, क्रोध को पी जाना चाहिए, ऐसे जो नियम बनाए हैं, ये 'नीति-शास्त्र के नियम' हैं। अंग्रेजी में इन्हें एथिक्स (Ethics) कहते हैं। ये नियम किसी ने बनाए नहीं हैं, ये तो ढूँढ़े जाते हैं, जैसे यह नियम है कि यदि हम किसी पत्थर को फेंक दें तो वह नीचे गिर पड़ेगा। इसको 'गुरुत्वाकर्षण का नियम' कहते हैं। गुरुत्वाकर्षण का नियम न्यूटन ने बनाया नहीं है। उन्होंने इस नियम को ढूँढ़ा। उसी प्रकार से मानव-संबंधों के भी कुछ नियम हैं। गुस्सा आए तो उस गुस्से को दबाओ, यह मानव के लाभ का काम है। नीतिशास्त्र के ये नियम ढूँढ़े हुए नियम हैं। एक-दूसरे के साथ झूठ मत बोलो, जैसा देखा है वैसा बोलो—यह 'सत्य' है। इसका लाभ हमें हर घड़ी अनुभव में आता है। हमको जो जैसा हो वैसा ही बोलें तो अच्छा लगता है। यदि हमने एक बात देखी और दूसरी बोली, हर

स्थान पर हम झूठ बोलते रहे तो हमको भी बुरा लगेगा। बोलनेवाले को भी बुरा लगेगा और सुननेवाले को भी बुरा लगेगा, और फिर जीवन चल ही नहीं पाएगा। बड़ी कठिनाई हो जाएगी।

सूरज निकला और हमने देखा कि सूरज निकला है। घर में किसी व्यक्ति ने पूछा कि सूरज निकल आया क्या? अब यदि हमने उसको झूठ बोल दिया कि नहीं निकला या बाहर वर्षा हो रही या बादल साफ हैं? और हमने कहा कि बादल बिलकुल साफ है, वर्षा नहीं हो रही है। हमारी बात मानकर जब वह बाहर निकलता है तो सहसा भीग जाता है इस स्थिति में सोचें कि उसके-हमारे संबंध कैसे होंगे? इस प्रकार क्या जगत् चल सकेगा?

यही नियम हमारे धर्म

सत्य का, जो नियम है, उसे ढूँढ़कर निकाला गया। इस प्रकार से ढूँढ़कर निकाले हुए जो नियम हैं, उनको ही हमारे यहाँ 'धर्म' कहा है। मानव जीवन को स्थिर रखनेवाले, मानव-जीवन की धारणा करनेवाले (मैं इस समय मानवता की बात कर रहा हूँ, वैसे तो धर्म का संबंध सब के साथ आता है, संपूर्ण सृष्टि के साथ भी आएगा) जितने नियम हैं, वे सब धर्म हैं। उस धर्म का आधार लेकर हम संपूर्ण जीवन का विचार करें।

व्यक्ति के सुख का विचार

संपूर्ण समाज या सृष्टि का ही नहीं, व्यक्ति का भी हमने एकात्म एवं संकलित विचार किया है। सामान्यत: तो व्यक्ति का विचार उसके शरीर मात्र के साथ किया जाता है। शरीर-सुख को ही लोग सुख समझते हैं, किंतु हम जानते हैं कि मन में चिंता रही तो शरीर सुख नहीं पाता। प्रत्येक व्यक्ति शरीर का सुख चाहता है, किंतु किसी को कारागार में डाल दिया जाए और बहुत अच्छा खाने को दिया जाए तो उसे सुख होगा क्या? आनंद होगा क्या?

पुराना उदाहरण है कि भगवान् कृष्ण जब कौरवों के यहाँ संधि करने के लिए गए तो दुर्योधन ने उनको बुलाया और कहा, 'महाराज हमारे यहाँ भोजन के लिए आइए।' भगवान् कृष्ण दुर्योधन के घर भोजन करने नहीं गए, किंतु विदुर के यहाँ गए। जब विदुर के यहाँ पहुँचे तो वहाँ हालत ऐसी हो गई कि

विदुर की पत्नी ने अत्यधिक आनंद के मारे केले के छिलके छील-छीलकर भगवान् कृष्ण को परोस दिए और गूदा फेंकती गई। भगवान् कृष्ण भी उन छिलकों को आनंदपूर्वक खाते रहे। इसलिए लोग कहते हैं—भाई! सम्मान और स्नेह के साथ यदि रूखी रोटी भी मिल जाए तो बहुत अच्छा लगता है, परंतु अपमान के साथ मेवा भी मिले तो उसे छोड़ना चाहिए। अत: मन के सुख का भी विचार करना पड़ता है।

इसी प्रकार बुद्धि का भी सुख है। इसके सुख का विचार करना पड़ता है, क्योंकि यदि मन का सुख हुआ भी और आपको बड़े प्रेम से रखा भी गया तथा आपको खाने-पीने को भी प्रचुर मात्रा में दिया, परंतु यदि मस्तिष्क में कोई उलझन बैठी रही तो वैसी हालत होती है जैसे पागल की हो जाती है। पागल का क्या होता? उसे खाने को पर्याप्त मिलता है, हृष्टपुष्ट भी हो जाता है, अन्य भी सुविधाएँ होती हैं, परंतु मस्तिष्क की उलझन के कारण बुद्धि का सुख प्राप्त नहीं होता, बुद्धि में भी तो शांति चाहिए। इन बातों का हमें विचार करना पड़ेगा।

मानव की राजनीतिक आकांक्षा व तृप्ति

मनुष्य मन, बुद्धि, आत्मा तथा शरीर, इन चारों का समुच्चय है। हम उसको टुकड़ों में बाँटकर विचार नहीं कर सकते। आज पश्चिम में जो कष्ट पैदा हुए हैं, उनका कारण यह है कि उन्होंने मनुष्य के एक-एक भाग का विचार अलग-अलग किया। प्रजातंत्र का आंदोलन चला तो उनहोंने मनुष्य को कहा, 'मैन इज ए पॉलिटिकल ऐनिमल' अर्थात् मनुष्य एक राजनीतिक जीव है और इसलिए इसकी राजनीतिक आकांक्षा की तृप्ति होनी चाहिए। एक राजा बन करके बैठे और शेष लोग राजा नहीं हों, ऐसा क्यों? राजा सबको बनना चाहिए। इसलिए राजा बनने की आकांक्षा की पूर्ति के लिए उन्होंने सबको 'वोट' देने का अधिकार दिया। प्रजातंत्र में यह अधिकार तो मिल गया, परंतु अन्य जो अधिकार थे, वे कम हो गए। उन्होंने कहा कि वोट देने का तो सबको अधिकार है, पेट भरे या न भरे। परंतु यदि खाने को नहीं मिला तो? तब लोगों से कहा गया कि तुम चिंता क्यों करते हो? मतदान का अधिकार तो तुम्हें है ही। तुम राजा हो। राजा बनकर बैठे रहो। राज तुम्हारा है

तो लोगों ने कहा, 'बाबा! इस राज से हमें क्या करना है, यदि खाने को ही नहीं मिल रहा? पेट को रोटी नहीं मिल रही तो हमें यह राज नहीं चाहिए। हमें तो पहले रोटी चाहिए।' कार्ल मार्क्स आए और उन्होंने कहा—'हाँ, रोटी सबसे प्रथम वस्तु है। राज्य तो केवल रोटीवालों का समर्थक होता है। अतः रोटी के लिए लड़ो।' उन्होंने मनुष्य को रोटीमय बना दिया। पर जो लोग कार्ल मार्क्स के मार्ग पर चले, उन्हें वहाँ यह अनुभव हुआ कि राज तो हाथ से गया ही, रोटी भी नहीं मिली। किंतु दूसरी ओर अमरीका है, वहाँ रोटी भी है, राज भी है, इस पर भी सुख और शांति नहीं। जितनी आत्महत्याएँ अमरीका में होती हैं और जितने लोग वहाँ मानसिक रोगों के शिकार रहते हैं, जितने लोग वहाँ पर निद्रौषध (ट्रैंक्विलाइजर) खा-खाकर सोने का प्रयत्न करते हैं, उतना विश्व में और कहीं नहीं होता। लोग कहते हैं—'यह क्या समस्या खड़ी हो गई? रोटी मिल गई, राज्य मिल गया, पर नींद उड़ गई।'

अब वे कहते हैं—'बाबा, नींद लाओ। किसी प्रकार से नींद लाओ।' अब वहाँ नींद बड़ी वस्तु बन गई है और नींद भी आ गई तो तृष्णा उन्हें पीड़ित कर रही है।

शरीर, मन, बुद्धि और आत्मा की प्रगति

विचारकों को लग रहा है कि उनकी जीवन-पद्धति में कहीं-न-कहीं कोई मौलिक त्रुटि अवश्य है, जिससे समृद्धि के बाद भी वे सुखी नहीं। कारण यह है कि वे मनुष्य का पूर्ण विचार नहीं कर पाए। हमारी संस्कृति में इस बात का पूरा विचार किया गया है, इसलिए हमने कहा है कि मानव की प्रगति का अर्थ शरीर, मन, बुद्धि व आत्मा इन चारों की प्रगति है। बहुत बार लोग समझते हैं और इस बात का प्रचार भी किया गया है कि भारतीय संस्कृति तो केवल आत्मा का विचार करती है, शेष के बारे में वह विचार नहीं करती।

यह असत्य है। आत्मा का विचार अवश्य करते हैं, किंतु यह सत्य नहीं है कि हम शरीर, मन और बुद्धि का विचार नहीं करते। अन्य लोगों ने तो केवल शरीर का विचार किया है। इसलिए आत्मा का विचार हमारी विशेषता हो गई। कालांतर में इस विशेषता में लोगों में एकांतिकता का भ्रम पैदा कर दिया।

जिसका विवाह नहीं हुआ, वह केवल माँ से प्रेम करता है तथा विवाह के बाद माँ तथा पत्नी दोनों के प्रति दायित्व को निभाता है। अब इस व्यक्ति से कोई कहे कि उसने माँ से प्रेम करना छोड़ दिया तो यह असत्य होगा। पत्नी भी, जब तक पुत्र नहीं होता, केवल पति से प्रेम करती है, बाद में पति और पुत्र दोनों से प्रेम करती है। इस अवस्था में कभी-कभी अज्ञानवश पति पत्नी पर यह आरोप लगा देता है कि वह तो अब उसकी चिंता ही नहीं करती। किंतु यह आरोप सही नहीं होता। यदि सही है तो पत्नी अपने कर्तव्य से विमुख हो गई है।

हमारी आवश्यकताएँ—चारों पुरुषार्थ

इसी प्रकार हम आत्मा की चिंता करते हुए शरीर को नहीं भूलते। उपनिषद् में तो स्पष्ट शब्दों में कहा है कि 'नाऽयमात्मा बलहीनेन लभ्यः'—दुर्बल (व्यक्ति) आत्मा का साक्षात्कार नहीं कर सकता। इसी प्रकार की सूक्ति है कि 'शरीरमाद्यं खलु धर्मसाधनम्'—अर्थात् शरीर धर्म का प्रथम साधन है। दूसरे लोगों से हमारा यही अंतर है कि उन्होंने शरीर को साध्य माना है, परंतु हमने उसे साधन समझा है। इस नाते से हमने शरीर का विचार किया है। जितनी भौतिक आवश्यकताएँ हैं, उनकी पूर्ति का महत्त्व हमने माना है, परंतु उन्हें सर्वस्व नहीं माना। मनुष्य के शरीर, मन, बुद्धि और आत्मा की आवश्यकताओं की पूर्ति, उसकी विविध कामनाओं, इच्छाओं तथा ऐषणाओं की संतुष्टि और उसके सर्वांगीण विकास की दृष्टि से व्यक्ति के सामने कर्तव्य रूप में हमारे यहाँ चतुर्विध पुरुषार्थ की कल्पना रखी गई है। धर्म, अर्थ, काम और मोक्ष चार पुरुषार्थ हैं। पुरुषार्थ का अर्थ उन कामों से है, जिनसे पुरुषत्व सार्थक हो। धर्म, अर्थ, काम और मोक्ष की कामना मनुष्य में स्वाभाविक होती है और उनके पालन से उसको आनंद प्राप्त होता है। इन पुरुषार्थों का भी हमने संकलित विचार किया है। यद्यपि मोक्ष को परम पुरुषार्थ माना है, तो भी अकेले उसके लिए प्रयत्न करने से मनुष्य का कल्याण नहीं हो सकता। वास्तव में अन्य पुरुषार्थों की अवहेलना करनेवाला कभी मोक्ष का अधिकारी नहीं हो सकता। इसके विपरीत शेष पुरुषार्थों को लोक-संग्रह के विचार से, निष्काम भाव से करनेवाला व्यक्ति कर्म बंधन से मुक्त होकर मोक्ष का अधिकारी होगा।

अर्थ के अंतर्गत आज की परिभाषा के अनुसार राजनीति और अर्थनीति का समावेश होता है। पुरानी परिभाषा में 'दंडनीति और वार्त्ता' अर्थ के अंतर्गत आती है। काम का संबंध मानव की विभिन्न कामनाओं की पूर्ति से है। धर्म में उन सभी नियमों, व्यवस्थाओं, आचरण-संहिताओं तथा मूलभूत सिद्धांतों का अंतर्भाव होता है, जिनसे अर्थ, काम और मोक्ष की सिद्धि हो।

इस प्रकार धर्म आधारभूत पुरुषार्थ है, किंतु फिर भी तीनों अन्योन्याश्रित तथा एक-दूसरे के पूरक और पोषक हैं। धर्म से अर्थ की सिद्धि होती है। यदि व्यापार भी करना हो तो मनुष्य को सदाचरण, संयम, त्याग, तपस्या, अक्रोध, क्षमा, धृति, सत्य आदि धर्म के लक्षणों का निर्वाह करना पड़ेगा, बिना इन गुणों के पैसा नहीं कमाया जा सकता। साधन के रूप में तो धर्म को मानना ही पड़ेगा। अमरीका वालों ने कहा, 'व्यापार के मामले में सत्यनिष्ठा सर्वश्रेष्ठ नीति है (Honesty is the best business Policy),' यूरोप के लोगों ने कहा—'सत्यनिष्ठा सर्वश्रेष्ठ नीति है। (Honesty is the best Policy)।' हमारा उनसे एक कदम आगे चलकर कहता है कि 'सत्यनिष्ठा नीति नहीं अपितु सिद्धांत है। (Honesty is not a Policy but principle), अर्थात् धर्म में हमारा विश्वास केवल उसकी साधनता के कारण नहीं अपितु स्वयं है। राज्य का आधार भी हमने धर्म को माना है। अकेली दंडनीति राज्य को चला नहीं सकती। समाज में धर्म न हो तो राज्य नहीं टिक सकेगा। काम पुरुषार्थ भी धर्म के सहारे ही सधता है। भोजन उपलब्ध होने के उपरांत कब, कहाँ, कितना, कैसा और कैसे उसका उपयोग हो, यह तो धर्म ही निश्चित करेगा? अन्यथा, रोगी ने यदि स्वस्थ व्यक्ति का भोजन किया और स्वस्थ ने रोगी का तो दोनों का ही अकल्याण होगा। मनुष्य की मनमानी को रोकने, उसके स्वैराचरण पर लगाम लगाने तथा प्रेय पीछे श्रेय को न भूलने देने में धर्म ही सहायक होता है। अतः हमारे यहाँ धर्म का विशेष महत्त्व है।

धर्म महत्त्वपूर्ण है, परंतु यह भी नहीं भूलना चाहिए कि अर्थ के अभाव में धर्म नहीं टिक पाता। एक सुभाषित है—'बुभुक्षितः किं न करोति पापम्, क्षीणाः नराः निष्करुणाः भवन्ति,' भूखा सब पाप कर सकता है। विश्वामित्र जैसे ऋषि ने भी भूख से पीड़ित होकर शरीर धारण करने के लिए चांडाल के घर में चोरी करके कुत्ते का जूठा मांस खाया था। अतः हमारे यहाँ आदेश है

कि अर्थ का अभाव नहीं होने देना चाहिए, क्योंकि वह धर्म का द्योतक है। इसी प्रकार दंडनीति का अभाव अर्थात् अराजकता भी धर्म के लिए हानिकारक होती है। उसमें 'मात्स्यन्याय' काम करने लगता है। अतः राज्य की स्थापना धर्म के लिए अत्यंत आवश्यक है।

अर्थ द्वारा अनर्थ की संभावना

अर्थ के अभाव के समान ही अर्थ का प्रभाव भी धर्म का घातक होता है। प्रभाव का अभिप्राय आधिक्य मात्र नहीं है। जब व्यक्ति और समाज में अर्थ साधन न रहकर साध्य बन जाए तथा जीवन की सभी विभूतियाँ अर्थ से ही प्राप्त हों, तो वहाँ अर्थ का प्रभाव उत्पन्न हो जाता है और वह अर्थ संचय के लिए नानाविध पाप करता है। इसी प्रकार जिस व्यक्ति के पास अधिक धन हो, उसके विलासी बन जाने की संभावना बनी रहती है। जहाँ व्यक्ति को अर्थ के सदुपयोग का ज्ञान नहीं होता, वहाँ भी अर्थ का प्रभाव होता है। जहाँ 'गौण अर्थ' अर्थात् मुद्रा तथा उपभोक्ता वस्तुओं के लिए लगनेवाली उत्पादक वस्तुओं का आधिक्य हो, वहाँ भी अर्थ का प्रभाव होता है। इन सभी प्रकार के अर्थ के प्रभावों से बचना चाहिए। इसके लिए शिक्षा, संस्कार, दैवी संपदायुक्त व्यक्तियों का निर्माण तथा अर्थव्यवस्था का उपयुक्त ढाँचा आदि का सहारा लेना आवश्यक होता है।

दंडनीति

अर्थ के अंतर्गत दंडनीति भी आती है। उसका प्रभाव भी धर्म के लिए हानिकारक होता है। राजा को बताया जाता है कि उसे न 'क्षीणदंड' होना चाहिए और न 'उग्रदंड' होना चाहिए, अपितु 'मृदुदंड' होना चाहिए। यदि शासक दंडनीति का अत्यधिक सहारा लेता है तो प्रजा में विद्रोह की भावना पैदा हो जाती है। जब धर्मभाव के स्थान पर दंड ही प्रजा के आचरण का नियामक बन जाए तो दंडनीति का प्रभाव हो जाता है तथा धर्म का ह्रास होने लगता है। निरंकुश राजाओं के शासन में धर्म की ग्लानि का यह प्रमुख कारण है।

राज्य की निरंकुशता

राज्य जब सब प्रकार की विभूतियों को अपने अधीन कर लेता है, तब भी उसका प्रभाव पैदा होकर धर्म की हानि होती है। राज्य की शक्ति और क्षेत्र अमर्यादित हो गए तो संपूर्ण जनता राज्यमुखापेक्षी बन जाती है। वहाँ राज्य का प्रभाव हो जाता है। राज्य में कर्तव्य-भावना के स्थान पर आसक्ति पैदा हो जाती है। ये सब प्रभाव के लक्षण हैं। इन अवस्थाओं में धर्म को धक्का लगता है, अतः अर्थ का दोनों ही दृष्टि से प्रभाव नहीं होने देना चाहिए।

काम का भी इसी प्रकार विचार किया गया है। काम पुरुषार्थ की ओर किंचित् भी ध्यान दिया नहीं गया तो धर्म की हानि होगी। बिना भोजन के धर्म नहीं चल सकता। मन को संतोष देने वाली ललित कलाओं, यज्ञ-यागादि कर्मों की अवहेलना हुई तो धर्म का पालन करनेवाले संस्कार नहीं होंगे। मानव विकृत होगा तथा धर्म की हानि होगी। दूसरी ओर रोग के ग्लटन्स (Gluttons) की भाँति हम पेटू और विलासी बन गए अथवा ययाति की भाँति काम-मोहित होकर अपने सभी कर्तव्यों को भूल गए, तो भी धर्म की हानि होगी। अतः धर्म के अविरोधी काम पुरुषार्थ का अवश्य निर्वाह करना चाहिए।

इस प्रकार हमने व्यक्ति के जीवन का पूर्णता के साथ तथा संकलित विचार किया है। उसकी सभी भूखों को मिटाने की व्यवस्था की है। किंतु यह ध्यान रखा है कि एक भूख को मिटाने के प्रयत्न में दूसरी भूख न पैदा कर दें अथवा दूसरे के मिटाने का मार्ग बंद न कर दें। इस हेतु चारों पुरुषार्थों का संकलित विचार हुआ है। यह पूर्ण मानव की, एकात्म मानव की कल्पना है, जो हमारा आराध्य तथा हमारी आराधना का साधन, दोनों ही है।

(23 अप्रैल, 1965)

□

व्यष्टि, समष्टि—परमेष्ठि

मानव केवल एक व्यक्ति मात्र नहीं है। शरीर, मन, बुद्धि और आत्मा का समुच्चय है। व्यक्ति केवल एकवचन 'मैं' तक सीमित नहीं, उसका बहुवचन 'हम' से भी अभिन्न संबंध रखता है। अतः हमें समाज व समष्टि का भी विचार करना होगा।

समाज का निर्माण

समाज मानवों का समूह है, यह तो सामान्य बात है, किंतु समाज की सृष्टि कैसे हुई? इसके संबंध में अनेक प्रकार के विचार तत्त्ववेत्ताओं ने रखे हैं। पश्चिम का विचार, जिसके आधार पर वहाँ राजनीतिक व सामाजिक जीवन की सृष्टि हुई है, प्रायः यह है कि समाज व्यक्तियों का ऐसा समूह है, जो व्यक्तियों ने स्वयं मिलकर बनाया है अर्थात् यह व्यक्तियों के समझौते के आधार पर बना है। इसको 'सामाजिक समझौता सिद्धांत' (Social Contract Theory) नाम से जाना जाता है। इसलिए वहाँ अधिक महत्त्व व्यक्ति का है, जो कि समाज की रचना करता है। पश्चिम के विचारों में कही अंतर है तो इसी बात का कि यदि व्यक्ति ने समाज की रचना कर ली तो 'अवशेष शक्ति' (Residuary Power) समाज के पास रहे अथवा व्यक्ति के पास? क्या व्यक्ति को समाज बदलने का अधिकार है? क्या समाज व्यक्ति के ऊपर भाँति-भाँति के बंधन लगाकर अपने प्रति निष्ठा की अपेक्षा कर सकता है? अथवा क्या व्यक्ति इन सब प्रश्नों के संबंध में स्वतंत्र हैं?

पश्चिम में यह विचार व विवाद का विषय बना रहा। किसी ने समाज का पक्ष लिया है और उसमें से संघर्ष की स्थिति पैदा हुई। सत्य तो यह है कि उनका यह विचार कि समाज का निर्माण व्यक्तियों ने किया है, मूलत: गलत है। समाज व्यक्तियों का मिला हुआ समूह है। यह बात सत्य होने पर भी व्यक्तियों ने समाज को बनाया या व्यक्ति मिले और समाज बना, ऐसा कहीं भी नहीं दिखाई देता।

समाज 'स्वयंभू' है

हमारे विचार के अनुसार समाज 'स्वयंभू' है। जिस प्रकार व्यक्ति पैदा होता है, उसी प्रकार समाज भी पैदा होता है। व्यक्ति मिलकर कभी समाज को नहीं बनाते। यह कोई आमोद प्रमोद-गृह (क्लब) नहीं है, संयुक्त समवाय (ज्वॉइंट स्टॉक कंपनी) जैसी सत्ता भी नहीं है या जैसे पंजीकृत समितियाँ (रजिस्टर्ड सोसाइटियाँ) बनती हैं, वैसी पंजीकृत समिति भी नहीं है, जैसे सहकारी समितियाँ होती हैं। वैसा भी नहीं है। वास्तव में समाज तो एक ऐसी सत्ता है, जिसकी अपनी आत्मा है, जिसका अपना एक जीवन है, इसलिए यह भी उसी प्रकार से जीवमान सत्ता है, जैसे मनुष्य जीवमान सत्ता। समाज को हमने किसी प्रकार के कृत्रिम संगठन के रूप में स्वीकार नहीं किया। समाज की अपनी हस्ती होती है। समाज के भी व्यक्ति की भाँति शरीर, मन, बुद्धि और आत्मा होते हैं। इस बात को पश्चिम के कुछ लोग तथा मनोवैज्ञानिक भी अब स्वीकार करने लगे हैं। मैक्डूगल (Mcdougal) ने सामूहिक मन (Group Mind) जैसे नए मनोविज्ञान का प्रादुर्भाव किया। उसमें उसने इस बात और सत्य को स्वीकार किया कि जैसे मनुष्य अलग रहता है, उसका अपना मस्तिष्क होता है, वैसे ही समूह (Group) का भी मस्तिष्क रहता है।

परंतु व्यक्तियों की शक्ति का जोड़ मिला करके समूह या समाज की शक्ति नहीं बन जाती। समूह तथा व्यक्ति की शक्ति व बुद्धि का जोड़ मिला दिया जाए और उसमें से समाज की बुद्धि या शक्ति प्रकट हो जाए, ऐसी बात नहीं। समूह की बुद्धि, समूह की भावना, क्रियाशक्ति जैसी सामूहिक शक्तियाँ मूलत: व्यक्ति से भिन्न होती हैं और इसलिए कभी-कभी ऐसे अनुभव आते हैं कि नितांत दुर्बल से दुर्बल व्यक्ति भी व्यक्तिगत नाते से

दुर्बल होते हुए भी समाज के नाते बड़ा पराक्रमी निकल आता है। व्यक्ति के नाते मनुष्य जिन बातों को सहन कर लेता है, समाज के नाते से वह उन बातों को सहन करने के लिए तैयार नहीं होता। व्यक्ति के नाते से कोई व्यक्ति बहुत अच्छा तथा व्यक्तिगत नाते से बुरा हो सकता है। विचार करने की यह रीति बहुत महत्त्वपूर्ण है।

व्यक्ति व समाज की विचार पद्धतियाँ

व्यक्ति की विचार करने की पद्धति और समाज की विचार करने की पद्धति—इन दोनों में सदैव अंतर रहता है। अर्थात् ये दोनों जोड़-गणित से मिलाकर पैदा नहीं होते। यदि अच्छे व्यक्ति इकट्ठा हो जाएँ तो वे उसी प्रकार से विचार करेंगे, यह नहीं कहा जा सकता।

भारत के विद्यार्थी को ले लिया जाए तो आज का विद्यार्थी बड़ा सौम्य तथा सीधा देखने में आएगा। आज से 20 वर्ष पूर्व के विद्यार्थी जितनी उठक-पटक करते थे, उसकी तुलना में आज का विद्यार्थी बहुत दुबला-पतला, सभी तरह से मृदु दिखाई देता है। किंतु जब वैसे 40 विद्यार्थी मिल जाएँ तो बड़ी कठिनाई पैदा हो जाती है। फिर तो वे सभी प्रकार की उच्छृंखलता कर सकते हैं। अर्थात् अकेला विद्यार्थी अनुशासनपूर्ण है, परंतु जब 40 मिल गए तो उनमें अनुशासनहीनता आ जाती है। यह स्थिति क्यों आ जाती है? इसका विचार करना पड़ेगा। इसे भीड़ की मानसिकता कहते हैं। यह मानसिकता वैयक्तिकता से भिन्न प्रकार की है। यह भीड़ मानसिकता समूह-मानस का एक छोटा सा रूप है।

किंतु जिसे समाज कहते हैं और उसकी जो मानसिकता होती है, वह तो बहुत समय से बनती रहती है। कुछ लोगों के कथनानुसार जब एक समूह बहुत समय तक इकट्ठा रहता है, तब साथ-साथ रहते हुए वातावरण के परिणामस्वरूप एक साथ रहने की आदत पड़ने से उनकी सोचने की, विचार करने की प्रणाली बन जाती है। और अपनी पद्धतियाँ निर्मित हो जाती हैं। यह तो सत्य है कि साथ रहने से लोगों में कुछ बातों में एकता हो जाती है—'समानशीलेव्यसनेषु सख्यम्'। किंतु जिसे राष्ट्र या समाज कहते हैं, वह इतने मात्र से नहीं बनता।

बड़े-बड़े राष्ट्र समाप्त क्यों हो गए?

यह सब जानते हैं कि पुराने-पुराने कुछ राष्ट्र समाप्त हो गए। जिस यूनान में अलेक्जेंडर पैदा हुआ था, जिसमें हेरेडोटस पैदा हुआ था, जिसमें यूलिसिस पैदा हुआ था, जिसमें अरस्तु, सुकरात व प्लेटो पैदा हुए थे, उस यूनान और आज के यूनान में रहनेवालों को मानव की दृष्टि से देखेगे तो उनकी वंश-परंपरा में तो कोई व्यवधान नहीं पड़ा, क्योंकि कभी ऐसा नहीं हुआ है कि वहाँ रहनेवाले सब मर गए या यूनान उजड़ गया। पुराने यूनान के मानव की पिता-पुत्र परंपरा समाप्त नहीं हुई। वहाँ मानव निःशेष नहीं हुए। हो सकता है कि आज जो यूनान में रहते हैं, उनके पिता-पितामह की पीढ़ियाँ देखी जाएँ तो वे 250-500 पीढ़ी पुराने यूनानियों के साथ जुड़ जाएँगे। किंतु इतना होने पर भी आज पुराना यूनान राष्ट्र नहीं है। मिस्र का पुराना राष्ट्र समाप्त हो गया। वहाँ एक नया राष्ट्र है। यह कैसे हो गया? दूसरी ओर यहूदियों को लें। वे सदियों तक भिन्न देशों के लोगों के साथ रहे। पर इस संसर्ग से वे उनके मानस के साथ एकात्म नहीं हुए। इससे स्पष्ट है कि राष्ट्र के अस्तित्व का कारण एक साथ रहना नहीं, वरन् कोई दूसरी वस्तु है।

राष्ट्र किसे कहें?

राष्ट्र का अस्तित्व उसके नागरिकों के जीवन का ध्येयभूत आधार है। जब एक मानव-समुदाय के समक्ष एक व्रत, विचार या आदर्श रहता है और वह समुदाय किसी भूमि विशेष को मातृभाव से देखता है तो वह राष्ट्र कहलाता है। इनमें से एक का भी अभाव रहा तो राष्ट्र नहीं बनेगा। जैसे शरीर में 'आत्मा' नाम की वस्तु है। आत्मा के कारण व्यक्ति रहता है। आत्मा और शरीर का संबंध छूटने पर हम कहते हैं कि वह व्यक्ति समाप्त हो गया, उसी प्रकार ये विचार या मूलभूत सिद्धांत है। यद्यपि हमारे यहाँ माना गया है कि आत्मा का पुनर्जन्म होता है, परंतु पुनर्जन्म लेने वाले तथा इस व्यक्ति में अंतर रहता है। दोनों को हम अलग-अलग मानते हैं। पुनर्जन्म उसी व्यक्ति का होता होगा, परंतु जनमा व्यक्ति दूसरा होता है। यह व्यक्ति यदि समाप्त हो गया तो इसमें भी समाप्त होने वाली मुख्य बात यह है कि

इसमें आत्मा नहीं रही। शरीर की अन्य बातों में भी परिवर्तन होता है। बच्चे से बूढ़े होने तक कितना परिवर्तन हो जाता है। शरीर-शास्त्रियों का तो कहना है कि हमारे शरीर का प्रत्येक कोश कुछ वर्ष में पूर्ण रूपेण बदल जाता है अर्थात् पुराना शरीर नहीं रहता, पूरा नया हो जाता है। इसमें तरह-तरह के परिवर्तन हो जाते हैं। परंतु चूँकि आत्म बनी रहती है, इसलिए आत्मा के कारण शरीर चलता रहता है। इसे तर्क-शास्त्र में 'मान्यता का सिद्धांत' कहते हैं। शायद उस मान्यता के कारण वह वस्तु चली आती है। इसके संबंध में एक रुचिपूर्ण उदाहरण लोग नाई के उस्तरे का दिया करते हैं।

कहते हैं कि एक बार एक नाई ने हजामत बनाते समय बताया कि उसका उस्तरा 60 वर्ष पुराना है। उसके पिता उसी उस्तरे से हजामत बनाते थे। ग्राहक को बड़ा आश्चर्य हुआ। उसे यह देखकर तो और भी आश्चर्य हुआ कि उस्तरे का बेंट तो बहुत चमक रहा है। उसने पूछा, 'तुम्हारे उस्तरे का बेंट तो बड़ा चमक रहा है, 60 वर्ष से इसकी चमक कैसे टिकाकर रखी है?' इस पर नाई ने सहज भाव से उत्तर दिया, 'साठ बरस चमक कैसे टिक सकती है? बेंट तो अभी छह महीने पहले लगाया है।' इस पर ग्राहक ने पूछा, 'और उस्तरे का छूरा कब का है?' नाई बोला, 'इसे बदलवाए तीन वर्ष हो गए।' अर्थात् कभी छूरा बदल गया, कभी बेंट, पर उस्तरा पुराना ही रहा। उसकी मान्यता बनी रही। इसी प्रकार व्यक्ति की अनेक बातें बदल जाती हैं, फिर भी उसकी मान्यता बनी रहती है।

राष्ट्र की 'आत्मा-चिति'

उसी प्रकार राष्ट्र की भी एक आत्मा होती है। उसका एक शास्त्रीय नाम है। इसे 'चिति' कहा गया है। मैक्डूगल के अनुसार किसी भी समूह की एक मूल प्रकृति होती है। वैसे ही 'चिति' किसी समाज की वह प्रकृति है, जो जन्मजात है तथा जो ऐतिहासिक कारणों से नहीं बनी।

मनुष्य के व्यक्तित्व व आत्मा, व्यक्तित्व व चरित्र तथा चरित्र व आत्मा, इन सबमें अंतर रहता है। व्यक्ति जीवन भर में जितने कर्म करता है, जितने संस्कार उस पर होते हैं या जो विचार आते हैं, उन सबका उस पर एक संकलित परिणाम होता है। इस संकलित परिणाम से उसके

व्यक्तित्व का निर्माण होता है। परंतु आत्मा में कोई वस्तु जुड़ती नहीं। उसी प्रकार राष्ट्र की संस्कृति में ऐतिहासिक कारणों तथा वातावरण से उत्पन्न स्थिति के सामूहिक परिणामों से बहुत बातें जुड़ जाती हैं। समाज के संसर्ग से, समाज के प्रयत्नों से, समाज के इतिहास के परिणामस्वरूप, जिन तत्त्वों का वे निर्माण करते हैं और जिन्हें वे अच्छा और गौरवदायी समझते हैं, वे सब संस्कृति के अंतर्गत तो आ जाते हैं, परंतु चिति के अंतर्गत नहीं आते। चिति तो मूलभूत होती है। चिति को लेकर तो प्रत्येक समाज पैदा होता है और उस समाज की संस्कृति दिशा चिति निर्धारित करती है, अर्थात् जो वस्तु चिति के अनुकूल होती है। वह संस्कृति में सम्मिलित कर ली जाती है।

उदाहरण के तौर पर हमारे यहाँ महाभारत का युद्ध हुआ, जिसमें कौरवों की पराजय व पांडवों की विजय हुई। परंतु पांडवों की विजय को हमने धर्म क्यों कहा व कौरवों को क्यों नहीं कहा? या यह क्यों नहीं कहा कि यह तो सीधी-सादी राज्य की लड़ाई है? लंका में जब राम युद्ध करने गए तथा विभीषण ने जो किया उसे तो देशद्रोह कहना चाहिए, परंतु हममें से कोई भी उसे देशद्रोह नहीं कहता। विभीषण को तो राजद्रोह करने के बाद भी सब अच्छा कहते हैं। उसने देशद्रोह किया, राजद्रोह तथा भ्रातृद्रोह किया। भाई को, राजा को छोड़ करके वही काम किया, जो जयचंद ने किया था। उसको क्विजलिंग (द्वितीय महायुद्ध में नॉर्वे का देशद्रोही नागरिक) कहना चाहिए। पर विभीषण को कोई क्विजलिंग नहीं कहता। उसकी बड़ी प्रशंसा करते हैं कि उसने ठीक काम किया तथा रावण ने कुछ किया उसके लिए हमारे मन में अनादर है। ऐसा क्यों है? इसके पीछे कोई राजनीतिक कारण नहीं है। युधिष्ठिर के लिए सम्मान और दुर्योधन के लिए अनादर राजनीतिक कारणों से नहीं है। कृष्ण भगवान् ने कंस को पछाड़ दिया, मामा की हत्या की, उस समय के राजा को हटाया। परंतु कृष्ण को भगवान् का अवतार मानते हैं और कंस को हम असुर कहते हैं, यह क्यों? इसका निर्णायक यदि कुछ है तो यह कि वह हमारे मन की प्रकृति या चिति थी, उसके अनुकूल जो-जो हुआ, उसे हम अपनी संस्कृति में जोड़ते गए। वे तो हमारे ऊपर संस्कार करनेवाली बातें हैं और उसके प्रतिकूल चलनेवाली बातों को हमने विकृति कहा। जो हमारे

अनुकूल नहीं हो सकती, हमने उन बातों को छोड़ दिया। उस इतिहास को हमने अपना नहीं माना। 'चिति' वह मापदंड है, जिससे हर वस्तु को मान्य अथवा अमान्य किया जाता है। यही राष्ट्र की आत्मा है। इसी आत्मा के आधार पर राष्ट्र खड़ा होता है और यही आत्मा राष्ट्र के प्रत्येक श्रेष्ठ व्यक्ति के आचरण द्वारा प्रकट होती है।

व्यक्ति राष्ट्र का उपकरण भी

व्यक्ति भी इस राष्ट्र को प्रकट करने का एक साधन है। इस प्रकार व्यक्ति अपने स्वयं के अतिरिक्त राष्ट्र का भी प्रतिनिधित्व करता है। इतना ही नहीं, अपने उद्देश्य को पूरा करने के लिए राष्ट्र जितनी संस्थाओं को जन्म देता है, उनका उपकरण भी व्यक्ति ही है और इसलिए वह उनका भी प्रतिनिधि है। राष्ट्र में व्यापक जो समष्टियाँ हैं, जैसे 'मानव', उनका भी प्रतिनिधित्व व्यक्ति ही करता है। अर्थात् प्रत्येक व्यक्ति का बहुमुखी व्यक्तित्व है, परंतु उनमें पारस्परिक खिंचाव या संघर्ष नहीं अपितु एकात्मता, समन्वय एवं सामंजस्य रहता है। इस तथ्य को समझकर, इस सामंजस्य के नियमों का आकलन और उसकी व्यवस्था ही मानव के आदर्शों के बीच की विसंगति को दूर कर उसे सुख और शांति दे सकती है तथा उसका विकास कर सकती है।

'संस्था' द्वारा राष्ट्रीय आवश्यकता की पूर्ति

जीवशास्त्री डार्विन के सिद्धांत मानने वालों के अनुसार भिन्न-भिन्न परिस्थितियों में प्राणी को जीवित रहने के लिए जिन वस्तुओं की आवश्यकता होती है, उसी प्रकार के अंग बनते चले जाते हैं। परंतु हमारे यहाँ इसे दूसरे रूप में कहा है कि प्राण की शक्ति के सहारे मनुष्य की आत्मा अपने लिए जितने अंगों की आवश्यकता समझती है, उनका निर्माण करती है। जैसे शरीर में निर्माण यह कार्य आत्मा करती है, वैसे ही राष्ट्र में भी ऐसे बहुत से अंग आवश्यकता को पूर्ण करने के लिए निर्मित होते हैं। यदि कारखाना खोल लिया तो जिस प्रकार अपने काम का निर्वाह करने के लिए उसमें बहुत से, भाँति-भाँति के विभाग होते हैं—कहीं मशीन लगाई जाती है, कहीं भवन

बनाया जाता है, कहीं ब्रिकी का काम किया जाता है—उसी प्रकार राष्ट्र भी अनेक प्रकार के विभाग जैसे अंग पैदा करता है, जिन्हें हम संस्थाएँ कहते हैं। 'संस्थाओं' को जन्म राष्ट्र अपनी आवश्यकताओं की पूर्ति के लिए देता है। कुटुंब, जाति, वर्ण, श्रेणी पुराने समय में अपने यहाँ थीं और श्रमिक संगठन (ट्रेड यूनियन) व गिल्ड या पूग आदि इस प्रकार की विभिन्न संस्थाएँ हैं। संपत्ति भी एक संस्था है। विवाह भी एक संस्था है।

अपने यहाँ वर्णन है कि बहुत पुराने समय में विवाह होते ही नहीं थे। बाद में एक ऋषि ने इस विवाह-पद्धति का निर्माण किया। यह एक संस्था उन्होंने बनाई। पहले हमारे यहाँ गुरुकुल एक संस्था चलती थी। ऋषिकुल की भी एक संस्था चलती थी। इसी प्रकार से अनेक संस्थाओं में राज्य भी एक संस्था है। इसका निर्माण भी राष्ट्र करता है। पश्चिम में जो गड़बड़ आ गई, उसका कारण यह है कि उन्होंने राज्य व राष्ट्र को एक वस्तु समझा। राज्य व राष्ट्र वास्तव में एक नहीं हैं। राज्य का निर्माण हमारे यहाँ सामाजिक समझौते के अनुसार हुआ। पहले राजा नहीं था। महाभारत में वर्णन है कि कृतयुग में न राज्य था, न राजा था, न दंड था, न दंड देनेवाला, सब प्रजा धर्म के आधार पर एक-दूसरे की रक्षा करती थी।

न राज्यं न राजसीत् न दण्ड्यो न च दाण्डिकः।
धर्मेणैव प्रजा सर्वाः रक्षन्तिस्म परस्परम्॥

धर्म की ग्लानि के कारण अव्यवस्था उत्पन्न

बाद में अव्यवस्था आई, लोभ आया, क्रोध आया, धर्म की ग्लानि हुई और 'मात्स्यन्याय' प्रारंभ हो गया। सारे ऋषि घबराए कि कैसे काम चलेगा? सभी ब्रह्माजी के पास गए। ब्रह्माजी ने स्वयं रचा हुआ एक ग्रंथ इन ऋषियों को दिया, जो 'दंडनीति' या 'राज्य-शास्त्र' के संबंध का ग्रंथ था। उन्होंने साथ-साथ आकर मनु से कहा कि तुम राजा हो जाओ। परंतु मनु ने कहा—मैं राजा नहीं होता, क्योंकि राजा बनने के बाद मुझे दंड करना पड़ेगा और कुछ लोगों को मारना होगा, कुछ को पीटना होगा, कुछ को कारागृह में डालना होगा व अन्य कई कठोर कर्म करने पड़ेंगे। मैं यह पाप क्यों करूँ? इस पर ब्रह्माजी ने का, 'ऐसी कुछ बात नहीं है। यह पाप नहीं, बल्कि अन्य

लोग धर्म का काम करें, इसके लिए तुम यह काम करोगे, अतः यह भी धर्म ही गिना जाएगा। इतना ही नहीं, प्रजा के जितने कर्म होंगे, उन कर्मों का एक भाग तुम्हें मिल जाएगा और इसलिए ये जितना धर्म करेंगे, उसका एक भाग स्वयं तुम्हें मिल जाएगा।' इसमें बताया तो नहीं, पर मैं समझता हूँ कि यदि प्रजा पाप या अधर्म करेगी और राजा उसे रोक नहीं सके तो उस पाप का भाग भी राजा को मिलना चाहिए। ऐसा नहीं हो सकता कि 'मीठा मीठा गप्प और कड़ूवा-कड़ूवा थू।' दोनों ही मिलने चाहिए। यह समझौता सिद्धांत राज्य के ऊपर लागू हो सकता है, राष्ट्र के ऊपर नहीं। परंतु पश्चिम में कुछ उलटा हुआ। समाज तो उनकी दृष्टि में समझौते में से पैदा हुआ, परंतु राजा देवी अधिकार के आधार पर सीधा ईश्वर का प्रतिनिधि बन गया। यह उलटी बात है। हमारे यहाँ राजा को चाहे आदि समय से पैदा हुआ माना गया, परंतु समाज को तो 'स्वयंभू' माना है। राज्य एक संस्था के रूप में है।

व्यक्ति एकांगी नहीं, बहुरंगी है

राज्य के समान और संस्थाएँ भी आवश्यकतानुसार समय-समय पर पैदा होती हैं। प्रत्येक व्यक्ति इनमें से प्रत्येक संस्था का अंग रहता है। यथाकुटुंब का मैं अंग हूँ, जाति-व्यवस्था हो तो उसका भी अंग हूँ, मेरा कोई धंधा है तो उसका भी मैं एक अंग हूँ, इस समाज का भी मैं एक अंग हूँ और इस समाज से आगे यदि पूर्ण मानवता का विचार करें तो उसका भी मैं एक अंग हूँ। मानव से आगे बढ़कर यदि हम इस चराचर जगत् का विचार करें तो उसका भी मैं एक अंग हूँ। वास्ततिकता यह है कि व्यक्ति नाम की जो वस्तु है, वह एकांगी नहीं बल्कि बहुअंगी है, परंतु महत्त्वपूर्ण बात यह है कि अनेक अंगों वाला होकर भी परस्पर सहयोग, समन्वय व पूरकता और एकात्मता के साथ चल सकता है। व्यक्ति का यह गुण ईश्वर प्रदत्त है।

जो व्यक्ति इस गुण का ठीक प्रकार से उपयोग कर सकता है, वह व्यक्ति सुखी व जो गुण का ठीक प्रकार से उपयोग न कर सके, वह दुःखी, उसका विकास ठीक नहीं होगा। उदाहरण लें तो एक व्यक्ति घर में अपनी

माँ का बेटा होता है, अपनी पत्नी का पति होता है, अपनी बहन का भाई होता है, अपने पुत्र का पिता होता है। एक ही व्यक्ति है, परंतु वह पिता भी है, पुत्र भी है, भाई भी है, पति भी है। इतने संबंध आ गए। व्यक्ति को इन सब संबंध-नातों को बड़ी कुशलता के साथ निभाना होता है। जहाँ ढंग से नहीं निभता, वहाँ झगड़ा होता है। यदि वह बहन का पक्ष लेता है तो पत्नी कहती है कि तुम अपनी बहन का पक्ष लेते हो। ननद-भौजाई का झगड़ा यहीं से पैदा होता है। सास-बहू का झगड़ा इसमें से पैदा होता है। इस झगड़े में पति बेटे की मुसीबत होती है। वह परेशान रहता है। क्योंकि माता का प्रेम व पत्नी के प्रति दायित्व व प्रेम—इनमें संघर्ष आता है। इसमें संघर्ष न आए अर्थात् वह इसे ठीक प्रकार से निभाए—ऐसा जब हो सकेगा तो हम कह सकेंगे कि व्यक्तित्व का जो विकास होगा वह समन्वित होगा।

समाज और व्यक्ति में

हम समाज की अनेक संस्थाओं में स्थायी संघर्ष या हितविरोध नहीं मानते। यदि कहीं ऐसा दीखता है तो वह विकृति का द्योतक है, प्रकृति अथवा संस्कृति का नहीं। पश्चिम में कुछ लोगों ने माना कि जीवन का मूलभूत विकास संघर्षों में हुआ है, इसलिए वे समझते हैं कि राज्य व व्यक्ति में सदैव संघर्ष की स्थिति रहती है। इसी आधार पर उन्होंने वर्ग-संघर्ष की कल्पना की है।

समाज में वर्ग होते हैं। अपने यहाँ भी जातियाँ बनीं, किंतु एक जाति व दूसरी जाति में संघर्ष का विचार हमने नहीं माना। हमारे वर्णों की कल्पना भी विराट् पुरुष के चारों अंगों से की गई है। विराट् पुरुष के सिर से ब्राह्मण पैदा हुआ, बाहुओं से क्षत्रिय पैदा हुआ। उसके उर से वैश्य पैदा हुआ और पैर से शूद्र पैदा हुआ। यह जो कल्पना आई, इसका विचार करें कि पैर, हाथ, सिर व उर इनके बीच कोई संघर्ष है क्या? यदि संघर्ष मानकर चलें तो शरीर चलेगा ही नहीं। पैरों व सिर में संघर्ष नहीं होता। संघर्ष का तो प्रश्न ही नहीं, बल्कि दोनों में कुछ है तो 'एकात्मता' है। ये अंग एक-दूसरे के पूरक ही नहीं, उनमें पूर्ण अभिन्नता एवं आत्मीयता है।

समाज की संस्थाओं में विभिन्न कारणों से कभी विकार आ सकता है। समाज का प्राण दुर्बल हो गया हो तो सब अंग दुर्बल और निस्तेज हो

जाएँगे। कभी अंग विशेष में दोष आ सकता है तो कभी देश, काल, परिस्थिति के अनुसार संस्थाओं की उपादेयता और आवश्यकता में भी अंतर आ सकता है। आज व्यवहार में संस्था कैसी है, अपितु कैसी होनी चाहिए, इसका विचार भी आवश्यक है। परस्पर पूरकता तथा एकात्मता ही व्यवहार के मापदंड हो सकते हैं। कुटुंब, जाति, श्रेणी, पंचायत, जनपद, राज्य आदि सब संस्थाएँ राष्ट्र तथा मानव के अंगभूत हैं। उनमें एकात्म भाव चाहिए। वे परस्पर पूरक हैं, परस्परावलंबी हैं, इसलिए उनमें परस्परानुकूलता की वृत्ति उत्पन्न होनी चाहिए, परस्पर संघर्ष या विरोध की नहीं।

राज्य ही सबकुछ नहीं

विभिन्न संस्थाओं में राज्य एक महत्त्वपूर्ण संस्था है, किंतु सर्वोपरि नहीं। आज विश्व में जो समस्याएँ पैदा हो रही हैं, उनका एक प्रमुख कारण यह भी है कि लोग प्रायः राज्य और समाज में समीकरण करके चलते हैं। वे तत्त्वतः अथवा व्यवहार में तो निश्चित ही राज्य को ही समाज का एकमेव प्रतिनिधि मानते हैं। दूसरी संस्थाएँ इतनी नगण्य हो गई हैं तथा राज्य इतना प्रभावी हो गया है कि संपूर्ण शक्ति उसमें केंद्रित होकर उसका एकाधिकार बढ़ता जा रहा है।

हमने राज्य को ही राष्ट्र का एकमात्र प्रतिनिधि नहीं माना, इसलिए हमारे यहाँ यह हुआ कि राज्य समाप्त होने के बाद भी हमारा राष्ट्र समाप्त नहीं हुआ। ईरान में राज्य समाप्त होते ही ईरान का राष्ट्र समाप्त हुआ। किंतु हमारे यहाँ राज्य के कई बार पराधीन बनने का अवसर आया। राजनीतिक दृष्टि से दिल्ली के सिंहासन के ऊपर कभी पठान बैठे, कभी तुर्क, कभी मुगल बैठे, कभी अंग्रेज बैठे, किंतु इसके बाद भी हमारा राष्ट्र जीवित रहा, क्योंकि हमारे जीवन का केंद्र राज्य नहीं था। यदि राज्य को जीवन का केंद्र मानकर चले होते तो हम समाप्त हो गए होते। जैसा पुराने समय की बहुत सी कथाओं में आता है कि कोई राक्षस था, उसके प्राण किसी तोते के अंदर थे, इसलिए राक्षस को मारने के लिए तोते की गरदन मरोड़ दी और राक्षस का अंत हो गया। उसी प्रकार से जिन लोगों के प्राण राज्य में थे, यहाँ राज्य के नष्ट होते ही राष्ट्र का प्राण भी निःशेष हो गया। किंतु जिन राष्ट्रों ने

यह माना, जैसा हमने माना, कि हमारा प्राण राज्य में नहीं है, वहाँ राज्य जाने के बाद भी राष्ट्र नहीं गया।

राज्य के प्रति उदासीनता हानिकारक

इस धारणा के कुछ दुष्परिणाम भी हुए हैं। स्व. बाबासाहंब आंबेडकर ने बताया कि हमारे यहाँ पंचायतें इतनी सुदृढ़ थीं कि हम दिल्ली के सिंहासन के संबंध में उदासीन हो गए। राज्य के प्रति जितना सचेष्ट व सतर्क हमें रहना चाहिए था, हम नहीं रहे, क्योंकि हमें लगा कि हमारा प्राण उसमें नहीं है। परंतु हम यह भूल गए कि चाहे वहाँ प्राण नहीं होगा, परंतु उसका इतना महत्त्व तो अवश्य है, जितना महत्त्व शरीर के किसी अंग का होता है। शरीर का एक बाल काटते-काटते थोड़ी सी त्वचा भी काट ली और साथ में सिर को भी काटने का प्रयत्न किया तो हानि हो जाएगी। इसलिए शरीर की तो रक्षा करनी ही पड़ेगी। शरीर में ये भिन्न-भिन्न अंग सर्वस्व नहीं होंगे, किंतु महत्त्व के हैं। इस दृष्टि से राज्य को महत्त्व देना चाहिए था, और ऐसे लोग पैदा हुए, जिन्होंने ध्यान दिया। आखिर छत्रपति शिवाजी इसीलिए हुए व स्वामी रामदास ने शिवाजी महाराज को इसीलिए कहा कि 'अपना राज्य चलाओ'। धर्म में पूर्ण शक्ति है, वह महत्त्व की वस्तु है। इसलिए जैसे वे स्वयं धर्मप्रचार में लगे थे, उसी प्रकार छत्रपति शिवाजी महाराज को भी संन्यासी बना देते। किंतु उन्होंने ऐसा न करके राज्य-प्राप्ति की ही प्रेरणा दी। कारण, राज्य भी एक महत्त्वपूर्ण संस्था है। किंतु महत्त्व की वस्तु मानना एक बात है तथा उसे सर्वोपरि मानकर चलना दूसरी बात। राज्य सर्वोपरि नहीं है, किंतु प्रश्न पैदा होता है कि यदि राज्य सर्वोपरि नहीं तो सर्वोपरि क्या है? कौन सी वस्तु सर्वोपरि है, इसका विचार करें। इसके लिए, राज्य की उत्पत्ति क्यों हुई, इसका विचार करना होगा।

राज्य और धर्म

यह तो सभी मानते हैं कि राज्य का कोई-न-कोई लक्ष्य होना चाहिए, उसका आदर्श होना चाहिए। अतः सर्वोपरिता राज्य की नहीं, आदर्श की होनी चाहिए। पहरेदार खजाने से बड़ा नहीं हो सकता, कोष की तुलना में

कोषाध्यक्ष छोटा ही माना जाएगा। राज्य राष्ट्र की रक्षा के लिए पैदा होता है, राष्ट्र के आदर्शों के व्यवहार में लाने की व्यवस्था पैदा करने तथा बनाए रखने के लिए पैदा होता है। राष्ट्र का आदर्श अर्थात् 'चिति'। चिति गहन है। उसकी अभिव्यक्ति और व्यवहार के नियमों को ही उस राष्ट्र का धर्म कहते हैं। अतः महत्ता किसी वस्तु की है तो वह 'धर्म' है। यदि हमारा प्राण कहीं है तो वह धर्म में है। धर्म गया कि प्राण गया। इसलिए जिसने धर्म छोड़ा, वह राष्ट्र से च्युत हो गया। उसका सबकुछ चला गया।

धर्म क्या है?

धर्म का संबंध केवल मंदिर-मसजिद से नहीं है। उपासना व्यक्तिधर्म का एक अंग हो सकती है, किंतु धर्म तो व्यापक है। मंदिर-मसजिद लोगों में धर्माचरण की शिक्षा का प्रभावी माध्यम रहे हैं। किंतु जिस प्रकार विद्यालय विद्या नहीं है, वैसे ही मंदिर-मसजिद धर्म से भिन्न है। हो सकता है, कोई बालक प्रतिदिन पाठशाला जाए और फिर भी अनपढ़ रह जाए। उसी प्रकार प्रतिदिन मसजिद या मंदिर में जानेवाला व्यक्ति भी धर्म-विहीन हो सकता है; मंदिर-मसजिद में जाना मत, मजहब, रिलिजन है। रिलिजन को बहुत बार लोगों ने धर्म मान लिया। अंग्रेजी अनुवाद के कारण हमारी जो बहुत सी हानियाँ हुई हैं, उनमें से एक बहुत बड़ी हानि यह भी हुई है।

धर्म मजहब नहीं होता

एक ओर तो हम 'रिलीजन' को धर्म के पर्यायवाची शब्द के रूप में प्रयोग करने लगे तथा दूसरी ओर अपने धर्म और जीवन का अज्ञान तथा यूरोपीय जीवन का अधिकाधिक ज्ञान हमारी शिक्षा का विषय बन गया। फलतः 'रिलीजन' के जितने सहचारी भाव हैं, वे हमने धर्म पर आरोपित कर दिए। "यदि यूरोप में रिलिजन के नाम पर अन्याय, अत्याचार, संघर्ष और युद्ध हुए तो वे सब हमारे यहाँ भी धर्म के खाते में चढ़ा लिये गए। हमें लगा कि धर्म पर भी लड़ाई हो सकती है, परंतु धर्म की लड़ाई दूसरी है और 'रिलिजन' की लड़ाई दूसरी है।" रिलिजन यानी मत, पंथ, मजहब—यह एक धर्म नहीं है। धर्म तो व्यापक तत्त्व है। वह जीवन के सभी पहलुओं से

संबंध रखनेवाला तत्त्व है। उससे समाज की धारणा होती है और आगे बढ़े तो सृष्टि की धारणा होती है। यह धारणा करनेवाली जो वस्तु है, वह 'धर्म' है।

धर्म के तत्त्व सनातन और सर्वव्यापी

धर्म के मूलभूत तत्त्व सनातन और सर्वव्यापी हैं। हाँ, उनका व्यवहार देश, काल, परिस्थिति सापेक्ष होता है। मनुष्य को शरीर धारण करने के लिए भोजन करना चाहिए। यह नियम शाश्वत है, किंतु व्यक्ति विशेष को कब, कैसा और कितना भोजन करना चाहिए, यह परिस्थिति-सापेक्ष होगा। कभी-कभी ऐसा भी हो सकता है कि भोजन नहीं चाहिए; किसी मनुष्य को टायफॉयड हो गया और हमने कहा कि शरीर धारण करने के लिए भोजन चाहिए और उसे भोजन करा दिया तो कठिनाई पैदा हो जाएगी। उस समय 'भोजन नहीं चाहिए' यह नियम लागू करना पड़ेगा। उसे उपवास करना भी आवश्यक हो जाएगा। इस प्रकार धर्म के जो नियम हैं, उनका व्यवहार समय के साथ, युग के साथ बदलता रहता है, इसलिए देश-काल के आधार पर इन नियमों का पालन करना चाहिए।

तात्त्विक आधार पर बने नियम धार्मिक होते हैं

कुछ नियम थोड़ी देर के लिए होते हैं और कोई नियम बड़ी देर के लिए बने हुए होते हैं। यहाँ की इस सभा के कुछ नियम हैं, जिनके आधार पर हम चल रहे हैं। इनमें से यह नियम यह है कि मैं बोलूँ और आप शांत रहकर सुनें। आप यदि इस नियम का उल्लंघन करने लगे व आपस में बोलने लगे, यह आप भी खड़े होकर बोलने लगे तो कहना होगा कि हम अपने धर्म से च्युत हो जाएँगे, धर्म का पालन नहीं करेंगे, हमारी धारणा नहीं होगी, हमारा काम नहीं चलेगा। कठिनाई हो जाएगी। अतः हमारा धर्म है उस नियम का पालन करना, जिससे इस सभा की धारणा होती है, सभा टिकती है, सभा चलती है। परंतु ये नियम तब तक लागू हैं, जब तक कि सभा है। सभा समाप्त होने पर, घर जाकर भी आपने नहीं बोला तो कठिनाई पैदा हो जाएगी। घर के लोगों को डॉक्टर बुलाना पड़ेगा। घर जाकर वहाँ के नियमों का पालन करना आवश्यक है। नियमों की संपूर्ण संहिता और

उसके तात्त्विक आधार का नाम धर्म है। ये नियम मनमाने नहीं हो सकते। उनसे उस सत्ता की धारणा होनी चाहिए, जिसके लिए वे बने हैं तथा दूसरी सत्ता के अविरोधी तथा पोषक होने चाहिए। यदि हम कोई पंजीकृत समिति बनाएँ तो हमें यह अधिकार और स्वतंत्रता है कि उस समिति के उपनियम बनाएँ। पर ये उपनियम समिति के नियामों और विधान के प्रतिकूल नहीं हो सकते। समिति के नियम और विधान पंजीकृत समिति अधिनियम (रजिस्टर्ड सोसाइटीज ऐक्ट) के विरुद्ध नहीं हो सकते। अधिनियम को संविधान के अनुकूल होना आवश्यक है। अर्थात् संविधान वह विधान है, जिसके अनुसार देश के सभी विधान बनने चाहिए। जर्मनी में संविधान को 'बेसिक लॉ' कहते हैं। किंतु क्या संविधान भी किन्हीं नियमों का पालन करता है? अथवा वह संविधान सभा की मनमानी का द्योतक है? गंभीरता से विचार करें तो पता चलेगा कि संविधान को भी कुछ आधारभूत प्राकृतिक नियमों का अनुकरण करना पड़ता है। संविधान राष्ट्र की धारणा के लिए है। यदि वह राष्ट्र की धारणा के स्थान पर उसकी हानि करनेवाला हो तो वह गलत होगा, उसका संशोधन करना होगा। क्या संशोधन भी मनमाना अथवा दो-तिहाई बहुमत की इच्छा पर निर्भर होगा।

आजकल बहुमत की बहुत चर्चा की जाती है। क्या बहुमत सबकुछ कर सकता है? क्या जनता, जिसे प्रभुसत्ता-संपन्न कहा जाता है, सबकुछ कर सकती है? और वही न्याय होना चाहिए? नहीं। पश्चिम में पहले राजा सर्वप्रभुता-संपन्न होता था। बाद में जब राजाओं के विरुद्ध विद्रोह हुआ तो जनता के सर्वप्रभुत्व का सिद्धांत रखा गया। किंतु हमारे यहाँ जनता भी सर्वप्रभुत्व-संपन्न नहीं है। यहाँ राजा सर्वप्रभु नहीं है। संसद् सबकुछ नहीं कर सकती। इंग्लैंड की पार्लियामेंट के बारे में कहते हैं कि वहाँ की पार्लियामेंट सॉवरेन है और वह सबकुछ कर सकती है। उन्होंने कहा, "वह स्त्री को पुरुष और पुरुष को स्त्री बनाने के अतिरिक्त सबकुछ कर सकती है।" परंतु क्या इंग्लैंड की पार्लियामेंट यह नियम बना सकती है कि इंग्लैंड का प्रत्येक व्यक्ति सिर के बल चले? नहीं बना सकती। क्या इंग्लैंड की पार्लियामेंट यह विधान बना सकती है कि इंग्लैंड का हर व्यक्ति प्रतिदिन पुलिस थाने में आकर उपस्थिति लिखावे। नहीं, यह भी नहीं कर सकती।

इंग्लैंड का कोई लिखा हुआ संविधान नहीं है। वे अपने यहाँ परंपरा को अत्यधिक महत्त्व देते हैं। पर क्या उनकी परंपराओं में परिवर्तन नहीं हुआ? हुआ है, उसका आधार क्या है? जो परंपरा इंग्लैंड के विकास में बाधक हुई, उसको उन्होंने छोड़ दिया, जो सहायक हुई, वे पुष्ट होती गईं।

परंपराओं का महत्त्व ब्रिटेन में ही नहीं, हर देश में होता है। हमारे यहाँ लिखित संविधान है, पर यह लिखित संविधान भी देश की परंपराओं का विरोध करके नहीं चल सकता। यदि उन परंपराओं का विरोध करके चलता है तो वह संविधान धर्मानुसार नहीं बना। धर्मानुसार वह संविधान होगा, जिससे राष्ट्र की धारणा हो। धारणा धर्म से होती है। इसलिए हमारे यहाँ धर्म सर्वप्रभुता-संपन्न है। अन्य सभी संस्थाएँ, सत्ताएँ और इकाइयाँ उसी से शक्ति ग्रहण करती हैं।

संविधान की एक तात्त्विक भूल

यदि भारत के वर्तमान संविधान का विचार राष्ट्र की धारणा के अनुसार करें तो हमें पता चलेगा कि उसमें संशोधन की आवश्यकता है। हमारा एक राष्ट्र है, हम एक जन हैं। इसलिए हमने भाषा, प्रांत, जाति, मजहब आदि के आधार पर मूलभूत अधिकारों में किसी भी भेदभाव को स्वीकार न करते हुए भी, अमरीका की भाँति यहाँ राज्य और संघ की अलग-अलग नागरिकता नहीं है। हम सब भारत के नागरिक हैं। इसी प्रकार हमने राज्यों को संघ से निकल जाने का अधिकार नहीं दिया है। इतना ही नहीं, इन राज्यों की सीमाएँ और नाम क्या हों, यह निर्णय संसद् ही कर सकती है, राज्यों के विधान मूलभूत नहीं हैं। ये सब ठीक प्रावधान हैं। भारत की राष्ट्रीयता और परंपरा के अनुकूल हैं। किंतु इतना होने पर भी हमने अपने संविधान को संघात्मक बनाया है। अर्थात् जो बात व्यवहार में रखी है, वह तत्त्वतः अमान्य कर दी है। संघात्मक में इकाइयों की निजी सत्ता और प्रभुत्ता होती है। वे एक समझौते के अनुसार (यहाँ पर संविधान वह समझौता है) अपने अधिकार केंद्र या संघ को सौंप देती है। हो सकता है कि ये इकाइयाँ अपने संपूर्ण अधिकार केंद्र को सौंप दे और इस तरह संघ अधिक अधिकार संपन्न हो सकता है, किंतु उसके सभी अधिकार उसे मिले हुए तथा सौंपे हुए रहते

हैं। ऐसा कोई अधिकार नहीं, जो उसका अपना ही हो। इस विचार से संविधान भारत के प्रांत की सत्ता को मूलभूत मानता है और केंद्र को राज्यों का समूह मात्र। यह सत्य के विपरीत है; भारत की एकता और अखंडता की धारणा का विरोधी है। इसमें भारतमाता की जीवमान चैतन्यमयी कल्पना नहीं। संविधान के प्रथम अनुच्छेद के अनुसार "इंडिया अर्थात् भारत राज्यों का संघ होगा।" अर्थात् बिहारमाता, बंगमाता, पंजाबमाता, कन्नड़माता, तमिलमाता आदि माताओं को मिलाकर भारतमाता बनेगी। यह हास्यपद कल्पना भारतमाता के अंगों के रूप में की है, अलग-अलग माताओं के रूप में नहीं। अत: हमारा संविधान संघात्मक न होकर एकात्मक होना चाहिए।

एकात्मक राज्य कैसे हों?

एकात्मक राज्य का अर्थ सारी शक्ति या अधिकारों का केंद्रीयकरण नहीं है। जैसे घर में जो मुखिया होता है, संपूर्ण कामकाज उसके नाम पर चलता है, परंतु सारी शक्ति मुखिया के पास नहीं होती। शक्ति तो अन्य लोगों के पास रहती है। आत्मा के आधार पर सबकुछ चलता होगा, पर क्या आत्मा के पास शक्ति रहती है? शक्ति तो प्राण के पास है और उसके आधार पर अंगों के पास रहती है। एकात्मक राज्य का अर्थ अत्यंत स्वेच्छाचारी राज्य नहीं है और इसका अर्थ यह है कि प्रांत समाप्त कर दिए जाएँ। प्रांतों को अधिकार रह सकता है, रहेगा, बल्कि प्रांतों के नीचे जो भी और संस्थाएँ है, जैसे कि जनपद हैं, उनको भी अधिकार रहेंगे। इस प्रकार पंचायतों को अधिकार चाहिए। हमारी परंपरा में पंचायतों का बहुत ऊँचा स्थान है। पंचायतों को कोई नष्ट नहीं कर सकता था। किंतु आज हमारी इन पंचायतों का स्थान हमारे संविधान में नहीं है। पंचायतों की कोई अपनी सत्ता नहीं है। पंचायतें तो केवल प्रदत्त सत्ता के नाते से और राज्य सरकारों की कृपा से पैदा होती है। आवश्यकता है कि उनकी स्वयंभू सत्ता स्वीकार की जाए। इस प्रकार सत्ता का विकेंद्रीकरण होगा। शक्ति नीचे तक जाएगी। शक्ति के कई स्थान होंगे। किंतु इन सबको एक केंद्र के नाते से हमारा एकात्मक राज्य होगा। यह हमारे धर्म के अनुसार होगा।

धर्म की परिधि में संपूर्ण मानवता सन्निहित

धर्म की इस कल्पना को और आगे ले जाएँ तो केवल राज्य और राष्ट्र का ही नहीं, मानव की प्रकृति का भी विचार करना होगा, अर्थात् राष्ट्र का संविधान प्राकृतिक न्याय के प्रतिकूल नहीं हो सकता। ऐसा बहुत व्यवहार है, जिसके नियम किसी विधिशास्त्र में लिखे नहीं होते, परंतु होते अवश्य हैं। शायद ये नियम कानूनों से भी अधिक प्रभावी और बंधनकारक होते हैं। अपने माता-पिता का आदर करना चाहिए, यह किसी कानून में नहीं लिखा। आजकल की सरकारें, जो बड़ी तेजी से तरह-तरह के कानून बना रही हैं, उन्होंने भी इस विषय में कोई कानून नहीं बनाया। इतने कानून बनने के बाद भी ऐसा कोई कानून नहीं बना कि माता-पिता का आदर करो और कहना मानो। फिर भी माता-पिता का आदर करते हैं। न करनेवाले को कोई अच्छा नहीं कहता। उन्हें बुरा माना जाता है। कल ऐसा ही कोई प्रश्न आकर खड़ा हो जाए तो न्यायालय में भी सामान्यत: यह मानेंगे कि माता-पिता का, जब तक वयस्क होने के कारण उसका स्वतंत्र अस्तित्व स्वीकार न कर लिया गया हो, कहना मानना चांहिए तथा उनका आदर करना चाहिए।

वैधता का निर्णायक धर्म है

इस प्रकार का विधान, जो आधारभूत, प्राकृतिक एवं आदिरूप है, वही सब वस्तुओं और व्यवहार की नियमानुकूलता तथा वैधता निर्णायक है। इस विधान को ही हमारे यहाँ धर्म कहा है। Innate law धर्म का निकटतम पर्याय हो सकता है, किंतु फिर भी वह धर्म के पूरे भाव प्रकट करने में असमर्थ है। धर्म की प्रभुता होने के कारण हमारा राज्य का आदर्श 'धर्मराज्य' है। राजा धर्म की रक्षा करने के लिए है। जब प्राचीन काल में राजा का अभिषेक हुआ करता था तो वह खड़ा होकर कहता था—"अदण्डयोऽस्मि! अदण्डयोऽस्मि!! अदडण्योऽस्मि!!!" अर्थात् मुझे कोई दंड नहीं दे सकता। वही बात, जो पश्चिम का राजा कहा करता था। वहाँ भी राजा कहा करता था कि राजा कोई त्रुटि नहीं कर सकता, इसलिए राजा को कोई दंड नहीं दे सकता। राजा के यह कहने पर पुरोहित हाथ में एक पलाश का दंड लेकर उसकी पीठ पर मारता था और कहता था, "धर्म दण्ड्योसी! धर्म दण्ड्योसी!!

धर्म दण्ड्योसी!!!'' कि तेरे ऊपर भी दंड है; यह धर्म का दंड है। तू अदंड्य नहीं है। राजा भागता था तथा वेदी की परिक्रमा करता और पुरोहित उसकी पीठ पर पलाश का डंडा मारता जाता था। तीन चक्कर लगाने के बाद यह विधि समाप्त होती थी। उसे ज्ञात हो जाता था कि उसके ऊपर भी धर्म का दंड है। राजा अदंड्य नहीं।

इस प्रकार जनता भी मनमानी कर सकती है क्या? लोग कहेंगे कि हाँ, जनतंत्र का अर्थ यही है। जनता चाहे जो करे, किंतु हमारे यहाँ जनता चाहे भी तो अधर्म नहीं कर सकती। एक बार एक धर्म-प्रचारक से लोग प्रश्न पूछ रहे थे। उनका कहना था कि ईश्वर सर्वशक्तिमान नहीं है? ईश्वर अधर्म नहीं कर सकता। यदि करेगा तो सर्वशक्तिमान नहीं रहेगा। अधर्म शक्ति का नहीं, दुर्बलता का द्योतक है। आग यदि बुझने लगे तो शक्तिशाली नहीं रहेगी। शक्ति मनमानी करने में नहीं, संयमपूर्ण व्यवहार में है, अतः सर्वशक्तिमान परमेश्वर संपूर्ण संयमी अर्थात् पूर्ण धर्ममय है। ईश्वर जब जन्म लेता है तो मनमानी करने के लिए नहीं, वरन् अधर्म के विनाश और धर्म की स्थापना के लिए ही। ईश्वर का अवतार धर्म के लिए होता है। इसलिए ईश्वर भी सबकुछ कर सकता है, परंतु अधर्म नहीं कर सकता। यदि बुरा न लगे तो कह सकते हैं कि ईश्वर से भी बड़ा धर्म है। वह धर्म से चलता है, इसलिए सृष्टि चलती है। राजा धर्म-राज्य के प्रमुख के नाते ही विष्णु है।

क्या धर्मराज्य का अर्थ थियोक्रेटिक है?

धर्मराज्य का अर्थ थियोक्रेटिक स्टेट नहीं है। इसे अच्छी प्रकार से समझ लें। थियोक्रेटिक स्टेट का अर्थ है, जहाँ पर किसी पंथ-गुरु का राज हो। एक पंथ के लोगों को सब अधिकार हों और अन्य पंथावलंबियों के लोग रह ही न सकें अथवा दास या दूसरी श्रेणी के नागरिक बनकर रहें। रोमन साम्राज्य इसी आधार पर चलता था। 'खिलाफत' के पीछे भी यही कल्पना थी। खलीफा के नाम पर ही संसार भर के मुसलमान बादशाह राज्य करते थे। किंतु यह 'खिलाफत' प्रथम विश्वयुद्ध के बाद समाप्त हो गई। अब उसे पुनः करने का प्रयत्न किया गया है। पाकिस्तान एक थियोक्रेटिक

स्टेट बना है। वे अपने को इसलामी राज्य कहते हैं। वहाँ मुसलमानों को छोड़कर अन्य जितने लोग हैं, वे दूसरी श्रेणी के नागरिक हैं। इसके अतिरिक्त इसलामी शासन का और कोई रूप तो वहाँ नहीं दीखता। कुरान, मसजिद, रोजा, ईद, नमाज आदि जैसी वहाँ हैं, वैसी हिंदुस्तान में भी हैं। अर्थात् राज्य और मजहब को जोड़ने की आवश्यकता नहीं। इससे व्यक्ति का ईश्वर की उपासना करने का सामर्थ्य नहीं बढ़ता। हाँ, राज्य अपने कर्तव्यों से अवश्य च्युत हो जाता है। धर्मराज्य में यह नहीं होता, प्रत्येक को अपने संप्रदाय की पूर्ण स्वतंत्रता रहती है। धर्मराज्य व्यक्ति के विकास, उसके सुख और शांति में संप्रदाय का स्थान स्वीकार करता है। राज्य का यह कर्तव्य है कि वह ऐसी अवस्थाएँ पैदा करे, जिसमें व्यक्ति अपने मतानुसार जीवन-यापन कर सके। अपने मत की स्वतंत्रता दूसरे के मत के प्रति सहिष्णुता अपने आप आती है।

हम जानते हैं कि हर प्रकार की स्वतंत्रता की अपनी मर्यादाएँ होती हैं। मुझे हाथ घुमाने की स्वतंत्रता है, किंतु जैसे ही किसी दूसरे व्यक्ति की नाक और मेरे हाथ में संघर्ष आया कि मेरी स्वतंत्रता समाप्त जाती है। मुझे इतनी स्वतंत्रता नहीं कि अपना हाथ घुमाकर दूसरे की नाक पर मुक्का लगा दूँ। जहाँ उसकी नाक की नोंक प्रारंभ हुई, वहाँ मेरी स्वतंत्रता सीमित हो गई, क्योंकि उसकी नाक को भी तो स्वतंत्रता है। दोनों की स्वतंत्रता की रक्षा करनी होगी। वैसे ही प्रत्येक को अपने संप्रदाय की स्वतंत्रता है। किंतु मजहब की स्वतंत्रता वहीं तक है, जब तक वह दूसरे मजहब में हस्तक्षेप न करे। यदि कोई दूसरे संप्रदाय में हस्तक्षेप करता है तो कहना होगा कि वह स्वतंत्रता का दुरुपयोग है। इस प्रकार की मर्यादाएँ हर स्थान पर रहेंगी। धर्मराज्य में मजहब की स्वतंत्रता है, पर थियोक्रेटिक स्टेट में नहीं।

आजकल थियोक्रेटिक स्टेट के विरुद्ध सेक्यूलर स्टेट शब्द का प्रयोग किया जाता है। यह शब्द पश्चिम के लोगों से नकल करके लिया गया है। हमें इसकी आवश्यकता नहीं थी। पाकिस्तान से अलग बताने के लिए हमने सेक्यूलर स्टेट का प्रयोग किया। इसके कुछ गलत अर्थ लगा लिये गए हैं। रिलिजन का अनुवाद धर्म किया व सेक्यूलर स्टेट का लोगों ने अनुवाद अधार्मिक राज्य किया। कुछ लोगों ने कहा, धर्महीन राज्य और कुछ लोगों

ने उस शब्द को अच्छा करने का प्रयत्न किया तो उन्होंने कहा, 'धर्म-निरपेक्ष' राज्य। परंतु ये सबके सब अनुवाद पूर्णतया गलत हैं, क्योंकि राज्य तो धर्महीन नहीं हो सकता, धर्म-निरपेक्ष भी नहीं रह सकता, जैसे अग्नि ताप निरपेक्ष नहीं रह सकती। हो जाए तो क्या होगा? अग्नि तापहीन हो जाए या वह ताप-विरोधी हो जाए? कैसा भी हो जाए, परंतु फिर वह अग्नि नहीं रहेगी। वह राज्य, जिसका काम ही यह कि धर्म की व्यवस्था रहे, समाज में धर्म (Law and Order) रहे, वह धर्म से अलग कैसे रह सकता है? इसलिए धर्म-निरपेक्ष राज्य तो नियमहीन राज्य हो जाएगा। जहाँ नियमहीनता है, वहाँ राज्य कहाँ? अर्थात् धर्म-निरपेक्षता और राज्य, ये एक-दूसरे के विरोधी हैं। राज्य तो धर्मराज्य ही हो सकता है, दूसरा नहीं। दूसरे में तो उसके मूल कर्तव्य की ही उपेक्षा हो जाएगी।

धर्मराज्य में राज्य मनमाना नहीं होता

धर्मराज्य में राज्य मनमाना काम नहीं करेगा। उसे धर्म के अनुसार चलना होगा। हमारा सर्वप्रभुत्व (सॉवरेनिटी) धर्म में है। अभी एक झगड़ा खड़ा हो गया है कि संसद् बड़ी या सर्वोच्च न्यायालय? न्यायपालिका बड़ी या विधानसभा? और लोग इस पर झगड़ा करते हैं। यह तो ऐसा ही झगड़ा है कि दायाँ पैर बड़ा या बायाँ पैर बड़ा? क्योंकि ये दोनों ही राज्य के अंग हैं। दोनों के अपने-अपने कर्तव्य हैं। अपने-अपने क्षेत्र में अपना स्थान है। परंतु विधान-मंडल वाले कहते हैं कि हम बड़े हैं और न्यायपालिका वाले कहते हैं—तुम बनाते हो कानून, हम उसकी व्याख्या करते हैं। हम बड़े कि तुम बड़े? उत्तर मिला है कि "वाह, वाह! सारा अधिकार तो हमने दिया है। संविधान में परिवर्तन करके यह तय कर देते हैं कि कौन बड़ा?" अब यहाँ पर चूँकि संविधान दिए जाते हैं, इसलिए वे शायद संविधान में संशोधन की बात कह रहे हैं। किंतु मैं कहूँगा कि इस प्रकार का संशोधन यदि आप बहुमत से कर ले जाएँ, तो भी वह धर्म के विरुद्ध होगा। वास्तव में दोनों समसत्ता हैं। दोनों में न तो विधायिका बड़ी है और न न्यायपालिका। दोनों के ऊपर बैठा हुआ धर्म बड़ा है। विधायिका को धर्मानुसार काम करना होगा और न्यायपालिका को भी धर्मानुसार काम करना होगा। उसके अंदर इनकी

मर्यादाएँ होंगी। यहाँ सबसे बड़ा न विधायिका को, न न्यायपालिका को और न जनता को रखा गया है। धर्म इन सबसे बड़ा है। वास्तव में कोई धर्म-विरुद्ध आचरण भी नहीं कर सकता।

धर्मानुसार चलनेवाला अल्पमत भी श्रेष्ठ

द्वितीय विश्वयुद्ध में जब हिटलर ने फ्रांस के ऊपर आक्रमण किया तो फ्रांस उसका सामना नहीं कर पाया। हिटलर की सेनाएँ आगे बढ़ती चली गईं। उस समय फ्रांस के प्रधानमंत्री मार्शल पेताँ ने आत्मसमर्पण का निर्णय किया। फ्रांस की जनता ने उसका समर्थन किया। किंतु दिगॉल भागकर लंदन गया। लंदन ने उसका समर्थन किया। उसने कहा, मैं इस समर्पण को स्वीकार नहीं करता। फ्रांस स्वतंत्र है और स्वतंत्र रहेगा। वहाँ बैठकर फ्रांस की सरकार बनाई और पुनः फ्रांस को स्वतंत्र किया। अब यदि बहुमत का नियम ही धर्म मानकर चलते तो दिगॉल को कभी ठीक नहीं कहा जा सकता। उसे लड़ने का अधिकार मिला, तो इसलिए कि राष्ट्र बहुमत और जनता से भी बड़ा है। राष्ट्र का धर्म इन सबसे ऊपर है। उसने जिस तत्त्व से अधिकार प्राप्त किया, वह थी फ्रांस की स्वतंत्रता। स्वतंत्रता प्रत्येक राष्ट्र का धर्म है। उसकी रक्षा करना तथा खोने पर उसे प्राप्त करना प्रत्येक व्यक्ति का कर्तव्य है।

हमारे यहाँ भी अंग्रेजों से लड़ने के लिए बहुमत नहीं खड़ा हुआ था, कुछ लोग खड़े हुए थे। कुछ क्रांतिकारी खड़े हुए, कुछ वीर खड़े हुए, उन्होंने लड़ाई लड़ी। लोकमान्य तिलक ने कहा था—"स्वतंत्रता हमारा जन्मसिद्ध अधिकार है।" यह जन्मसिद्ध अधिकार उन्होंने बहुमत के समर्थन पर नहीं कहा। आजकल तो लोग क़हते हैं कि गोवा का भविष्य जनमत-संग्रह से तय कर लो, काश्मीर में जनमत-संग्रह कराओ आदि यह गलत है। राष्ट्रीय एकता हमारा धर्म है। उसका निर्णय मतसंग्रह से नहीं होगा। यह निर्णय तो प्रकृति ने कर दिया है। शासन कौन चलाए, यह तो एक बार बहुमत और चुनाव से तय हो सकता है, परंतु सत्य क्या है, यह कभी बहुमत से तय नहीं होता। राजा कौन बनेगा, यह बहुमत से तय होता है, पर राजा क्या करेगा, यह धर्म से तय होता है।

बहुमत को चुनौती

आप जानते हैं कि अमेरिका में जहाँ प्रजातंत्र का बहुत बोलबाला कहा जाता है, वहाँ लिंकन ने गलत जनमत को स्वीकार नहीं किया। लिंकन से जब दक्षिण राज्यों ने कहा कि हम अलग हो जाते हैं, क्योंकि वहाँ दास-प्रथा को समाप्त किया गया था। उस समय लिंकन खड़ा हुआ और लोगों से कहा, ''यह आपको जनतांत्रिक अधिकार नहीं है कि आप अलग हो जाएँ।'' लिंकन ने लड़ाई लड़ी, परंतु उन्हें अलग नहीं होने दिया। दास-प्रथा को भी नहीं चलने दिया। यह नहीं कहा कि यदि आप आंशिक दास-प्रथा मान लेते हैं तो समझौता कर लेते हैं। उसे उन्होंने नहीं किया, आधा तेरा आधा मेरा। उन्होंने कहा कि अमेरिका की जो परंपरा है, यहाँ का जो धर्म है, प्रकृति है, जिस आधार पर राष्ट्र-निर्माण का प्रयत्न किया जा रहा है, दास-प्रथा उसके प्रतिकूल है, इसलिए दास-प्रथा नहीं रहेगी। जब लोगों ने कहा कि हम अलग होते हैं, तो उन्होंने कहा, ''तुम अलग भी नहीं होओगे।'' इस पर वहाँ गृहयुद्ध हुआ, परंतु लिंकन ने अधर्म के साथ समझौता नहीं किया।

हमारे यहाँ ऐसी व्यवस्था है। जैसे पुराने हिंदू विवाह में पति-पत्नी का संबंध उनकी इच्छा पर निर्भर नहीं करता। एक क्या यदि दोनों भी राजी हो जाएँ तो भी वे तलाक नहीं दे सकते। उनका आचरण स्वेच्छा से नहीं, धर्म से नियंत्रित होना चाहिए। इसी प्रकार राष्ट्रीयता का नाता है। काश्मीर के 40 लाख लोग कहें कि हम अलग होते हैं, गोवा के कहें कि हम अलग होते हैं, कुछ ने कहा कि हम पुर्तगाल को वापस बुला लेंगे—तो यह धर्म के प्रतिकूल है। हिंदुस्तान के 45 करोड़ लोगों में से यदि 44 करोड़ 99 लाख 99 हजार 999 लोग भी कहें तो जो धर्म के प्रतिकूल बात होगी, वह कभी सत्य नहीं होगी और यदि इसके विपरीत एक व्यक्ति कहे और यदि वह धर्मानुसार है तो वह सत्य होगी। क्योंकि सत्य धर्म के साथ रहता है। उसी में से उस एक व्यक्ति को धर्माचरण का, धर्म के अनुसार काम करने का अधिकार प्राप्त हो जाता है।

धर्म किसी निकाय अथवा संस्था में नहीं

हम अच्छी प्रकार समझ लें कि बहुमत में या जनता में धर्म नहीं है।

धर्म शांत है। इसलिए प्रजातंत्र की व्याख्या में जनता का शासन ही पर्याप्त नहीं, यह शासन जनता के हित में भी होना चाहिए। जनता के हित का निर्णय तो धर्म ही कर सकता है, अत: जनराज्य को धर्मराज्य भी होना आवश्यक है। सच्चा प्रजातंत्र वहीं हो सकता है, जहाँ स्वतंत्रता और धर्म दोनों हों। धर्मराज्य में इन सभी कल्पनाओं का समावेश है।

(24 अप्रैल, 1965)

□

एक प्रश्नोत्तर : आर्गेनाइजर

केवल रतन मलकानी : जनसंघ ने एकात्मक राज्य के विचार को स्वीकार किया है, जो कि सत्ता के केंद्रीयकरण का हामी होता है, तब फिर घोषणापत्र में जनतांत्रिक विकेंद्रीकरण के विचार को क्यों स्वीकार किया गया है?

दीनदयाल उपाध्याय : एकात्मक राज्य का अर्थ केंद्रीयतावादी शासन नहीं है। केंद्रीयकरण व विकेंद्रीकरण की तुलना से एकात्मक व संघात्मक शासन व्यवस्थाओं का कोई संबंध नहीं है। यदि सत्ता को हमने जिला परिषदों तक विकेंद्रित किया तो क्या भारत जिलों के संघ के रूप में परिवर्तित हो जाएगा?

युगानुकूल अर्थ-रचना

प्राचीन साहित्य में कहीं-कहीं जहाँ राजा का वर्णन किया गया है और राज धर्म का उसको उपदेश दिया गया है, वहाँ उसे अत्यंत महत्त्वपूर्ण अवश्य बताया गया है, वह शायद इसलिए कि उसे अपने कर्तव्य का भान रहे, अपने दायित्व की जानकारी हो। संपूर्ण समाज-जीवन के ऊपर पूरा ध्यान देना चाहिए। महाभारत में भीष्म ने यही बात कही इस प्रश्न का उत्तर देते हुए कि राजा काल का कारण है। अब इसमें से कुछ लोग यह निष्कर्ष निकाल लेते हैं कि उन्होंने राजा को सर्वोपरि माना है, परंतु यह बात सत्य नहीं है। भीष्म ने राजा को इतना महत्त्व देते हुए भी विधि से ऊपर नहीं बताया। राजा का प्रभाव होता है, यह सत्य है। राजा, समाज में धर्माचारण बना रहे, इस बात को देखने का उत्तर-दायित्व लेकर चलता है, यह भी सत्य है, किंतु राजा धर्म का निर्माण करनेवाला नहीं होता। धर्म का लोग पालन करें, यही बात वह देखनेवाला है। अर्थात् एक प्रकार से कहा जाए तो राजा का स्थान, आज के समय में जितना कार्यपालिका का होता है, उतना ही है।

कार्यपालिका का दायित्व

कार्यपालिका आज भी विधान नहीं बनाती, परंतु राज्य ठीक प्रकार से चले यह जिम्मेदारी कार्यपालिका पर होती है। यदि कार्यपालिका ठीक न चले तो कानून की जैसी धज्जियाँ उड़ती हैं, वह आज हम अच्छी प्रकार से देख रहे हैं। आज भी हम कह सकते हैं कि 'कार्यपालिका का कालस्य

कारणम्'। आज जो बुराइयाँ चल रही हैं, उनमें कार्यपालिका की बहुत बड़ी जिम्मेदारी है। अंततः नशाबंदी क्यों असफल हो गई? यहाँ उसके लिए कौन उत्तरदायी है? जिन लोगों पर इस बात का दायित्व डाला गया कि नशाबंदी के कार्यक्रम को सफल बनाओ, जब उन्होंने ही 'हफ्ता' लेना आरंभ कर दिया तो नशाबंदी कैसे चलेगी? सबका उत्तरदायित्व कार्यपालिका पर आता है। इसी उत्तरदायित्व के रूप में भीष्म की उपर्युक्त उक्ति है। उसमें से यह निष्कर्ष निकालना गलत है कि हमने राजा को ही सर्वप्रभुता-संपन्न माना है। यदि इतना किया होता तो फिर अत्याचारी राजा वेण को राज्य सिंहासन से हटाकर फिर से पृथु को गद्दी पर बिठाने का काम ऋषियों ने न किया होता। ऋषियों के इस कार्य को किसी भी शास्त्र ने, किसी भी इतिहास ने बुरा नहीं कहा, बल्कि अच्छा ही कहा। धर्म की प्रभुता स्वीकार करने पर ही ऋषियों को अधर्मी राजा को हटाने का अधिकार प्राप्त होता है, अन्यथा राजा को हटाना अवैध माना जाता। यदि राजा अपने कर्तव्य का पालन न करे तो राजा को हटाना धर्म है। दूसरी ओर पश्चिम में एक राजा को दूसरे ने संघर्ष करके हटाया या जनता ने उस समय हटाया, जब उन्होंने तत्त्वतः राजपद्धति को ही अमान्य कर दिया। वहाँ राजा ईश्वर का प्रतिनिधि माना गया है और किसी भी परिस्थिति में उसे हटाया नहीं जा सकता।

समाज-व्यवस्था में अनेक संस्थाएँ

भारतीय समाज-व्यवस्था में राजा या राज्य सर्वोपरि है ही नहीं, वह एकमेव संस्था भी नहीं है। समाज की व्यवस्था तथा उसके जीवन का नियमन करनेवाली, व्यवस्था देखनेवाली समाज की अनेक संस्थाएँ हैं। उनका प्रादेशिक और व्यावसायिक दोनों आधारों पर गठन हुआ है। पंचायतें और जनपद-सभाएँ हमारे यहाँ रही हैं। बड़े-से-बड़े चक्रवर्ती सार्वभौम राजाओं ने भी कभी पंचायतों को समाप्त नहीं किया। इसी प्रकार व्यावसायिक संगठन भी रहे हैं। उन्हें भी किसी ने समाप्त नहीं किया, अपितु उनकी स्वायत्तता को सदैव स्वीकार किया गया। अपने-अपने क्षेत्र में उन्होंने नियम बनाए। जाति की पंचायतें, श्रेणियाँ, पूग, निगम, ग्राम-पंचायत, जनपद-सभाएँ आदि संस्थाएँ स्वतंत्र नियम बनाती थीं। राज्य का काम यही था कि

इन नियमों का पालन होता है कि नहीं, यह देखें। राज्य ने कभी उनके मामलों में हस्तक्षेप नहीं किया। इस प्रकार हमारे यहाँ राज्य तो जीवन के थोड़े से हिस्से को ही छूता था।

इसी प्रकार आर्थिक क्षेत्र में कभी संस्थाएँ जन्म लेती हैं। इस दृष्टि से हमें आज कुछ अर्थव्यवस्था का भी विचार करना पड़ेगा। अर्थव्यवस्था कैसी हो? हमें ऐसी व्यवस्था चाहिए, जो हमारे मानवत्व को विकसित कर सके, हमारे मानवत्व को समाप्त न करे, उसके ऊपर प्रतिकूल प्रभाव न डाले और जिसके द्वारा हम मानव जीवन का पूर्ण विकास कर सकें, इस उद्देश्य की सिद्धि के लिए अर्थव्यवस्था की क्या मर्यादाएँ होनी चाहिए, इसका विचार करें।

अर्थव्यवस्था की मर्यादाएँ

लोगों के भरण-पोषण के लिए, जीवन के विकास के लिए राष्ट्र की धारणा एवं विकास के लिए जिन मौलिक साधनों की आवश्यकता होती है, उनका उत्पादन अर्थव्यवस्था का लक्ष्य होना चाहिए। न्यूनतम मर्यादा के बाद और अधिक समृद्धि व सुख के लिए अर्थोत्पादन करना चाहिए या नहीं, यह स्वाभाविक प्रश्न पैदा होता है। पश्चिम का अर्थशास्त्र तो इच्छाओं को बराबर बढ़ाते जाना और उनकी आवश्यकताओं की निरंतर पूर्ति करना ही अभीष्ट समझता है। इस विषय में उसकी कोई अधिकतम मर्यादा नहीं है। सामान्यतया तो पहले इच्छा होती है और फिर उसकी पूर्ति के साधन जुटाए जाते हैं। किंतु अब तो हालत यह हो गई है कि जो कुछ पैदा किया जाता है, उसका उपयोग हो, इसके लिए लोगों में इच्छा पैदा की जाती है। बाजार के लिए माल पैदा करने के स्थान पर पैदा किए हुए माल के लिए बाजार ढूँढ़ना, न मिले तो नया बाजार पैदा करना आज की अर्थनीति का प्रमुख अंग बन गया है। प्रारंभ में उत्पादन उपभोग का अनुसरण करता था, अब उपभोग उत्पादन का अनुचर है।

हम चाय का ही उदारहण लें। चाय की माँग थी, इसलिए चाय नहीं पैदा की गई। किंतु चाय पैदा की गई और इसलिए हमें वह पीनी सिखाई गई। अब हम चाय पीते हैं। वह हमारे जीवन का एक अंग बन गई है। इसी प्रकार हम आजकल वनस्पति घी का उपयोग कर रहे हैं। क्या हमने

कभी इसकी माँग की थी? वास्तव में वनस्पति घी पैदा किया गया और फिर हमें इसका उपभोग सिखाया गया। जो कुछ पैदा होता है, यदि उसका उपभोग न करें तो वहाँ पर मंदी आ जाएगी। 1930–32 की मंदी का समय हमें याद होगा। उस समय माल तो था, पर उसकी खपत नहीं थी, इसलिए धड़ाधड़ कारखाने बंद होते जा रहे थे, दिवाले निकल रहे थे तथा बेकारी बढ़ती चली जा रही थी। इसलिए आज महत्त्व की बात यह हो गई कि पैदा माल की खपत की जाए।

अंग्रेजी के साप्ताहिक 'ऑर्गनाइजर' के संपादक (श्री केवल रतन मलकानी) कुछ वर्ष पूर्व अमरीका गए थे। वहाँ से लौटने के बाद उन्होंने एक रोचक घटना बताई। वहाँ आलू छीलने का चाकू बनाने का एक कारखाना है। उस कारखाने का उत्पादन इतना बढ़ गया कि लोगों की आवश्यकताओं से अधिक पैदा करने लगा। अतः प्रश्न पैदा हुआ कि लोग यह चाकू अधिक संख्या में खरीदें, इसका कोई उपाय ढूँढ़ा जाए। कारखाने के विक्रयकर्ताओं की बैठक हुई। एक सुझाव रखा गया कि यदि चाकू के बेंटे का रंग आलू के छिलके जैसा बनाया जाए तो आलू छीलने के साथ छिलके के साथ चाकू को भी टोकरी में फेंकने की संभावना बढ़ जाएगी। इस प्रकार माल की खपत अधिक होगी। चाकू को आकर्षक बनाने के लिए सुंदर पैकिंग की भी व्यवस्था की गई। यह अर्थव्यस्था उपभोग प्रधान न होकर विनाशोन्मुख बन गई। पुराना फेंकों और नया खरीदो। नया खरीदने की चाह उपभोक्ता में पैदा करना—माँग पूरी करना नहीं, माँग पैदा करना। यही आज अर्थव्यवस्था का लक्ष्य हो गया है।

प्रकृति की मर्यादा न भूलें

किंतु उत्पादन का संबंध प्राकृतिक साधनों से भी है। यदि अंधाधुध उत्पादन बढ़ाते गए तो ये प्राकृतिक साधन कब तक साथ देंगे? कुछ लोग यह कहकर समाधान कर देते है कि यदि एक प्रकार के साधन समाप्त हो गए तो दूसरी प्रकार की वस्तुओं की खोज हो जाएगी। नए विकल्प (सबस्टीट्यूट) ढूँढ़े जा सकते हैं। उनके इस तर्क में निहित बल को स्वीकार करने के बाद भी यह कहना पड़ेगा कि प्रकृति की संपदा अपार होने पर

भी उसकी मर्यादा है। यदि बड़ी तेजी के साथ और अनावश्यक रूप से हम उसका अपव्यय करते गए तो एक दिन हमें पछताना पड़ेगा।

प्रकृति के साथ उच्छृंखलता

प्रकृति की संपदा की मर्यादा की चिंता न भी करें तो कम-से-कम इतना तो हमें मानना ही पड़ेगा कि प्रकृति में विभिन्न वस्तुओं के बीच परस्परावलंबी संबंध है। एक-दूसरे के सहारे खड़ी तीन लकड़ियों में से यदि हम एक की स्थिति में परिवर्तन कर दें तो शेष अपने आप गिर जाएँगी। आज की अर्थव्यस्था और उत्पादन की पद्धति इस सामंजस्य को बड़ी तेजी से बिगाड़ती जा रही है। परिणामतः जहाँ एक ओर हम नई-नई इच्छाओं की पूर्ति के लिए नए-नए साधन ढूँढ़ रहे हैं वहीं दूसरी ओर हम संपूर्ण सभ्यता और मानवता को समाप्त करने के लिए नए-नए प्रश्न पैदा करते जा रहे हैं।

हम प्रकृति से उतना तथा इस प्रकार लें कि वह उस कमी को स्वयं पुनः पूरा कर ले। पेड़ से फल लेने में उसकी हानि नहीं होती, लाभ होता है। पर भूमि से अधिक फसल लेने लोभ में हम ऐसे उर्वरकों का प्रयोग कर रहे हैं, जिनसे कुछ दिनों के बाद उसकी उत्पादन-शक्ति ही समाप्त हो जाती है। आज अमरीका में लाखों एकड़ भूमि इस प्रकार की खेती के कारण ऊसर हो चुकी है। यह विनाशलीला कब तक चलती रहेगी?

कारखानेदार मशीन आदि के लिए क्षय निधि (depreciation fund) की व्यवस्था करता है। परंतु प्रकृति के इस कारखाने के लिए हम किसी भी क्षय निधि की चिंता न करें, यह कैसे हो सकता है? इस दृष्टि से विचार किया जाए तो कहना होगा कि हमारी अर्थव्यवस्था का लक्ष्य अमर्यादित उपभोग नहीं, संयमित उपभोग होना चाहिए। सोद्‌देश्य, सुखी विकासमान जीवन के लिए जिन भौतिक साधनों की आवश्यकता है, वे अवश्य ही प्राप्त होने चाहिए। भगवान् की सृष्टि का अध्ययन करें तो पता चलेगा कि उतनी व्यवस्था उसने की है। किंतु जब हम यह समझकर कि भगवान् ने मनुष्य को केवल उपभोग-प्रवण प्राणी बनाया है, उसके अंधाधुध उपयोग के लिए ही अपनी संपूर्ण शक्ति खर्च करें तो यह ठीक नहीं होगा। इंजन को चलाने

के लिए हमारा प्रयत्न तो यही रहता है कि कम-से-कम ईंधन से अधिक-से-अधिक मात्रा में शक्ति पैदा हो। यह बचत का दृष्टिकोण है। मानव जीवन का उद्‌देश्य का विचार करके हमें ऐसी व्यवस्था करनी चाहिए, जिससे वह न्यूनतम ईंधन से अधिकतम गति के साथ अपने लक्ष्य की ओर बढ़ सकें, यह अर्थव्यवस्था मानवीय होगी। यह मानव के एक पहलू का विचार न कर, उसके पूर्ण-जीवन का तथा अंतिम उद्‌देश्य का विचार करेगी। यह संहारात्मक न होकर सृजनात्मक होगी। यह प्रकृति के शोषण पर निर्भर न रहकर उसके पोषण पर निर्भर रहेगी। शोषण नहीं, दोहन हमारा आधार होना चाहिए या प्रकृति के शोषण पर निर्भर न रहकर उसके पोषण पर निर्भर रहेगी। प्रकृति का स्तन्य हमारे लिए जीवनदायी हो, ऐसी ही व्यवस्था करनी चाहिए।

पश्चिम के घातक आर्थिक नारे

अर्थव्यवस्था का यही मानवीय उद्‌देश्य रहा तो आर्थिक प्रश्नों की ओर देखने की हमारी दृष्टि आमूल बदल जाएगी। पश्चिम की अर्थव्यवस्था में, वह पूँजीवादी हो या समाजवादी, मूल्य को अत्यंत महत्त्व का एवं केंद्रीय स्थान प्राप्त है। उसके चारों ओर ही संपूर्ण आर्थिक विचार चक्कर लगाता रहता है। एक नैयायिक की दृष्टि से 'मूल्य' संबंधी विश्लेषण का चाहे जो महत्त्व हो, किंतु उसके आधार पर जो जीवन-दर्शन बने हैं, वे बहुत ही अधूरे, अमानवीय एवं कुछ अंशों में नीतिविहीन भी हैं।

एक उदाहरण लें। आजकल नारा लगाया जाता है—'कमाने वाला खाएगा'। समान्यतः तो यह नारा कम्युनिस्ट लगाते हैं, किंतु पूँजीवादी भी इस नारे के मूल में निहित सिद्धांत से असहमत नहीं होते। यदि दोनों में झगड़ा है तो इसी बात का कि कौन कितना कमाता है। पूँजीवादी साहस और पूँजी को महत्त्व देते हैं, इसलिए खाने में उनका प्रमुख भाग रहा तो उसे वे उचित मानते हैं। दूसरी ओर कम्युनिस्ट श्रम को ही निर्माण मानते हैं, इसलिए श्रमिक को वे खाने का अधिकार देते हैं। ये दोनों ही विचार ठीक नहीं। वास्तव में हमारा नारा होना चाहिए 'कमाने वाला खिलाएगा' तथा 'जो जनमा सो खाएगा'। खाने का अधिकार जन्म से प्राप्त होता है।

कमाने की पात्रता शिक्षा से आती है। समाज में जो कमाते नहीं, वे भी खाते हैं। बच्चे, बूढ़े, रोगी, अपाहिज, सबकी चिंता समाज को करनी पड़ती है। प्रत्येक समाज में इस कर्तव्य के निर्वाह की तत्परता रहती ही है। इस कर्तव्य के निर्वाह की क्षमता पैदा करना ही अर्थव्यवस्था का काम है। मनुष्य अपने इस कर्तव्य के निर्वाह के लिए काम करता है, अन्यथा जिनकी भूख मिट गई है, काम ही नहीं करेंगे।

न्यूनतम स्तर

मानव के नाते भौतिक आवश्यकताओं की पूर्ति किसी भी अर्थव्यवस्था का न्यूनतम स्तर है। रोटी, कपड़ा और मकान मोटे रूप में इन आवश्यकताओं की अभिव्यंजना करते हैं। इसी प्रकार व्यक्ति को समाज के प्रति कर्तव्यों का निर्वाह करने में सक्षम बनाना भी समाज का आधारभूत दायित्व है। किसी भी प्रकार के अस्वास्थ्य की दशा में व्यक्ति को स्वस्थ बनाने की व्यवस्था करना तथा उसके जीवन-निर्वाह की व्यवस्था करना भी समाज का काम है। कम-से-कम इतना जिस राज्य में हो, वहीं धर्मराज्य है—नहीं तो अधर्मराज्य है। रघुवंश में दिलीप का वर्णन करते हुए कालिदास ने कहा है—

> प्रजानो नियाघनात् रक्षणात् भरणादनि।
> सपिता पितरस्तासां केवल जन्महेतव॥ (1/24)

(प्रजा के शिक्षण, रक्षण और भरण-पोषण की व्यवस्था के कारण, वही उनका वास्तविक पिता था। उनके पिता तो केवल जन्मदाता थे।) जिस भरत के नाम पर इस देश का नाम भारत पड़ा है, उनकी व्याख्या भी यही है कि 'भरणात् रक्षणात् च' अर्थात् भरण और रक्षण के कारण वह भरत कहलाता था। उसका यह देश भारत है, इस देश में भरण-पोषण की गारंटी न रही तो 'भारत' नाम सार्थक नहीं होगा।

शिक्षा-समाज के दायित्व

बच्चे को शिक्षा देना समाज के अपने हित में है। जन्म से मानव पशुवत् पैदा होता है। शिक्षा और संस्कार से वह समाज का अभिन्न घटक बनता है। जो काम समाज के अपने हित में हो, उसके लिए शुल्क लिया जाए,

यह तो उलटी बात है। कल्पना करें कि कुल शिक्षा-शुल्क का बहिष्कार करके अथवा उस देने में असमर्थ होने के कारण बच्चे पढ़ना बंद कर दें। क्या समाज इस स्थिति को सहन करेगा? पेड़ लगाने और सींचने के लिए हम पेड़ से पैसा नहीं लेते। हम तो अपनी ओर से पूँजी लगाते हैं और जानते हैं कि पेड़ पर हमें फल मिलेंगे ही। शिक्षा भी इस प्रकार का विनियोजन है। व्यक्ति शिक्षित होने पर समाज के लिए काम करेगा ही, किंतु जो व्यवस्था बचपन से ही हमें व्यक्तिवादी बनाती हो, उससे समाज की अवेहलना करनेवाले निकलें तो आश्चर्य क्यों? भारत में 1947 से पूर्व सभी देशी राज्यों में कहीं भी शिक्षा के लिए शुल्क नहीं लिया जाता था। उच्चतम श्रेणी तक शिक्षा निःशुल्क थी। गुरुकुल में तो भोज व रहने की व्यवस्था भी आश्रम में होती थी। केवल भिक्षा माँगने के लिए ब्रह्मचारी समाज में जाते थे। कोई भी बह्मचारी को खाली नहीं लौटाता था, अर्थात् समाज द्वारा शिक्षा की व्यवस्था की जाती थी।

चिकित्सा निःशुल्क

इसी भाँति चिकित्सा के लिए पैसा देना पड़े, यह अचंभे की बात थी। चिकित्सा भी निःशुल्क होनी चाहिए। हमारे यहाँ पहले चिकित्सा के लिए भी पैसा नहीं लिया जाता था, आजकल मंदिर में जाने के लिए भी पैसा देना पड़ता है। तिरूपति में बालाजी के मंदिर में दर्शन के लिए चार आने का टिकट लेना पड़ता है, पर दोपहर में 12 बजे से 1 बजे तक 'धर्मदर्शन' होता है, अर्थात् उस समय टिकट नहीं लेना पड़ता, मानो पैसा देकर दर्शन करना अधर्म-दर्शन होता है। कहने का तात्पर्य है कि समाज की ओर से जीवन-यापन और विकास के लिए न्यूनतम की गारंटी होनी ही चाहिए।

'न्यूनतम' का जन्मसिद्ध अधिकार

अब प्रश्न यह उठता है कि यह 'न्यूनतम' जो सभी को देना है, वह आएगा कहाँ से? स्पष्ट है कि वह हमारे प्रयत्नों व पुरुषार्थ से ही आना चाहिए। अतः जहाँ हमें अधिकार के रूप में न्यूनतम स्तर मिला है, वहाँ उत्पादक कर्म अर्थात् पुरुषार्थ से विहीन व्यक्ति समाज पर भार है। इसी

प्रकार जो समाज व्यवस्था अथवा अर्थ व्यवस्था लोगों के पुरुषार्थ में बाधक हो, वह आत्मघाती है। ऐसी व्यवस्था में समाज व्यक्तियों के प्रति अपने कतर्व्य का निर्वाह नहीं कर पाएगा। यदि व्यक्ति की आवश्यकता पूर्ण होती रही तो भी पुरुषार्थ न करने के कारण उसका विकास एकांगी रह जाएगा।

मानव को पेट और हाथ दोनों मिले हैं। यदि हाथों को काम न मिले और पेट को खाना मिलता रहे तो मनुष्य सुखी नहीं रहेगा, उसका विकास नहीं होगा। निसंतान स्त्री जैसे अपने जीवन में अधूरापन तथा व्यथा का अनुभव करती है, वैसे बेकार, पुरुषार्थ रहित व्यक्ति अधूरापन तथा व्यथा का अनुभव करता है।

प्रत्येक को काम

प्रत्येक को काम अर्थव्यवस्था का आधारभूत लक्ष्य होना चाहिए अर्थात् स्वस्थ व्यक्ति के लिए अपनी गृहस्थाश्रम की आयु में जीविकोपार्जन की व्यवस्था होनी चाहिए। आज कुछ विचित्र ही स्थिति है। एक ओर 10 वर्ष का बालक और 70 वर्ष का बूढ़ा काम में जुटा हुआ है तो दूसरी ओर 24 वर्ष का नौजवान बेकारी से ऊबकर आत्महत्या कर बैठता है। इस अव्यवस्था को दूर करना होगा। भगवान् ने हाथ तो दिए हैं, परंतु वे स्वतः उत्पादक नहीं बन सकते। उनके लिए पूँजी का सहयोग चाहिए। श्रम और पूँजी का संबंध प्रकृति और पुरुष का संबंध है। सृष्टि इन दोनों की लीला है। इनमें से किसी की भी अवेहलना नहीं की जा सकती।

पूँजी का निर्माण

पूँजी-निर्माण के लिए आवश्यक है कि संपूर्ण उत्पादन का उपभोग करने के स्थान पर उसमें से कुछ बचाया जाए और उसे भावी उत्पादन के लिए काम में लिया जाए। उपभोग में संयम के बिना पूँजी निर्माण नहीं होगी। कार्ल मार्क्स जिस अतिरिक्त मूल्य की चर्चा करता है, वही पूँजी-निर्माण का आधार है। पूँजीवादी अर्थव्यवस्था में उद्योगपति इस अतिरिक्त मूल्य के सहारे पूँजी-निर्माण करता है। समाजवादी व्यवस्था में यह काम राज्य के द्वारा होता है। दोनों ही पद्धतियों में संपूर्ण उत्पादन की पद्धति 'बड़े पैमाने'

की ओर केंद्रित रही तो पूँजी-निर्माण के लिए श्रमिक के द्वारा किए गए संयम और त्याग का भी भान नहीं होता। विकेंद्रीकरण में यह लाभ है कि पूँजी के रूप में इस 'अतिरिक्त मूल्य' के प्रयोग में श्रमिक का भी सहभाग रह सकता है।

यंत्र (मशीन) का प्रभुत्व

मशीन पूँजी का अत्यंत महत्त्वपूर्ण स्वरूप है। मानव के श्रम को सुगम बनाने तथा उसकी उत्पादकता एवं क्षमता बढ़ाने के लिए ही यंत्र का आविष्कार हुआ है। यंत्र मानव का सहायक है, मानव का प्रतिस्पर्धी नहीं। किंतु जहाँ मानव-श्रम को विनिमय की वस्तु समझकर उसका मूल्यांकन रुपयों में होने लगा, वहाँ यंत्र मानव का प्रतिस्पर्धी बन गया। यह पूँजीवादी दृष्टिकोण का दुर्गुण है। यदि यंत्र मानव का स्थान लेकर उसे भूखा मारे तो वह उन उद्देश्यों के विपरीत होगा, जिनकी सिद्धि के लिए यंत्र का आविष्कार हुआ। जड़ मशीन इसकी दोषी नहीं है। यह बुराई उस अर्थव्यवस्था की है, जिसमें विवेक लुप्त हो जाता है। हमें यंत्र की मर्यादाओं का विचार करके ही उसकी उपयुक्तता का निर्धारण करना होगा। इस दृष्टि से पश्चिम के उन यंत्रों का, जो वह जनसंख्या की कमी के आधार पर बने हैं, बिना विचारे आयात करना भारी भूल होगी। यंत्र देश-काल परिस्थिति निरपेक्ष नहीं, सापेक्ष है। वह विज्ञान की आधुनिकतम प्रगति की उपज है, किंतु प्रतिनिधि नहीं। ज्ञान किसी देश विशेष की बपौती नहीं, उसका प्रयोग प्रत्येक देश अपनी परिस्थितियों और आवश्यकताओं के अनुसार करे। हमारी मशीन हमारी आर्थिक आवश्यकताओं के अनुकूल ही नहीं, अपितु हमारे सांस्कृतिक एवं राजनीतिक जीवन-मूल्यों को पोषक नहीं तो कम-से-कम अविरोधी अवश्य होनी चाहिए।

सात मकार

प्रो. विश्वेश्वरैया ने अपनी एक पुस्तक में लिखा है कि आर्थिक दृष्टि से उत्पादन-प्रणाली का विचार करते समय हमें सात मकारों का विचार करना चाहिए। ये सात मकार हैं—मैन, मैटीरियल, मनी, मैनेजमेंट, मोटिवपावर, मार्केट और मशीन—अर्थात् काम करनेवाले या जिनको काम मिलना चाहिए,

उन व्यक्तियों की संख्या, योग्यता तथा तंत्रज्ञा का विचार करना चाहिए। उपलब्ध अथवा जिनकी जिनकी उपलब्धि संभव है, ऐसे प्रकृति के साधनों या कच्चे माल का विचार करना होगा। हमें यह भी देखना होगा कि हमारे पास कितनी पूँजी है? उस पूँजी को अधिकतम लाभ के लिए अच्छे-से-अच्छे किस रूप में लगाया जा सकता है? पूँजी का कितना भाग स्थायी पूँजी में लगाया जा सकता है और कितना सामान्य काम चलाने के लिए हाथ में रखना आवश्यक है? हमें अपने देश की शक्ति का भी विचार करना होगा। मानव और पशुश्रम के अतिरिक्त हवा, पानी, तेल, गैस विद्युत् एवं अणुशक्ति सभी से मशीनें चल सकती हैं। इनमें से कौन सी शक्ति कितनी मात्रा में उपलब्ध हो सकती है और हमें अनार्थिक नहीं होगी, इसका विचार करके ही उत्पादन-पद्धति का निर्धारण करना होगा। इसी प्रकार, प्रबंध कुशलता का विचार अत्यंत आवश्यक है। दस लोगों को एक साथ लेकर उनकी ठीक ढंग से योजना करना नहीं आया तो सब बेकार रहेगा। हम जो कुछ पैदा करते हैं, वह लोगों के उपयोग में आ सके, इसका भी विचार करना होगा। अर्थात् बाजार का विचार किए बिना किसी भी वस्तु का उत्पादन आर्थिक दृष्टि से समर्थनीय नहीं हो सकता। इन सब बातों का विचार करके हमें उपयुक्त यंत्र का निर्माण करना चाहिए। किंतु होता यह है कि हम पहले मशीन का खूँटा गाड़ देते हैं और फिर सभी वस्तुओं का सामंजस्य उसके साथ बिठाते हैं। किंतु संसार के दूसरे देशों में ऐसा नहीं हुआ। नई-नई मशीनें नहीं बनतीं। वास्तव में जो विज्ञान प्रगति का लक्षण है, उसे स्थिर मानकर चलना एक अवैज्ञानिक दृष्टिकोण है। हम यंत्र बाहर से मँगाते हैं, इसलिए इस विषय में हमारे यहाँ लचीलापन बहुत कम है। हमें प्रौद्योगिकी का विकास करना होगा।

उपर्युक्त सातों साधनों में कोई भी अपरिवर्तनीय नहीं। वास्तव में प्रत्येक उपक्रम बदलता रहता है। यह परिवर्तन विकास की दिशा में हो। उसमें कष्ट तथा विद्यमान शक्ति की छीजन कम-से-कम हो, ताकि उसके द्वारा हम अपने समाज के दायित्वों का निर्वाह कर सकें, इस बात का विचार नियोजकों को करना होगा। एक उदाहरण लें। हमारे यहाँ श्रमिकों की उत्पादकता बहुत कम है। यंत्र के सहारे वह बढ़ाई जा सकती है। बढ़ाना आवश्यक है। किंतु

यंत्र ऐसा हो कि जिसको चलाने के लिए बहुत कम व्यक्तियों की आवश्यकता पड़े और शेष व्यक्ति बेकार हो जाएँ अथवा इन यंत्रों को बाहर से मँगवाने का व्यय ही इतना अधिक हो कि उसका भुगतान करने में बढ़ी हुई उत्पादकता अधूरी पड़े तो कहना पड़ेगा होगा कि यंत्र ठीक नहीं है। जैसे किसी कारखाने की पूरी क्षमता का उपयोग न कर पाना आर्थिक दृष्टि से ठीक नहीं, वैसे ही देश के लोगों को बेकार रखना घाटे का सौदा है। यहाँ तो दोहरा घाटा है। खाली मशीन केवल पुरानी पूँजी खाती है, नया कुछ नहीं, पर बेकार मनुष्य तो आज भी खाता है। अतः आज तो 'कमाने वाला खाएगा' के स्थान पर 'खानेवाला कमाएगा', यह लक्ष्य रखकर हमें भारत की अर्थरचना करनी होगी। चरखे के स्थान पर कताई की मशीनें तो चाहिए, परंतु सब कामों के लिए स्वचालित मशीनें पूर्ण आजीविका का लक्ष्य सामने रखकर ही हमें अन्य उत्पादन के साधनों का विचार करना चाहिए।

अर्थ-रचना में व्यक्ति

व्यक्ति के उपयोग अथवा उसकी आजीविका का विचार करते समय हमें पूर्ण एकात्म-मानव का सदैव विचार रखना होगा। पिछली शताब्दियों के आर्थिक चिंतन और उस पर आधारित अर्थव्यवस्था का यह परिणाम हुआ है कि हाड़-मांस का वास्तविक मानव हमारी दृष्टि से ओझल हो गया है। हम उसके व्यक्तित्व का तनिक भी विचार नहीं करते। पूँजीवादी अर्थशास्त्र मनुष्य को एक अर्थलोलुप प्राणी मानकर चलता है। उसके सभी निर्णय आर्थिक दृष्टिकोण से होते हैं। ऐसे व्यक्ति के सामने पाँच रुपए सदैव चार रुपयों से अधिक होते हैं। वह अर्थोत्पादन की प्रेरणा से ही काम करता है। अधिक-से-अधिक लाभ उसका लक्ष्य है। बाजार में अन्य वस्तुएँ खरीदी-बेची जाती हैं, वैसे ही मानवश्रम क्रय-विक्रय की वस्तु मानी जा रही है। यह मुक्त व्यापार की व्यवस्था है। प्रतिस्पर्धी को छोड़कर वह किसी दूसरे नियंत्रण को अन्याय मानता है। इस दौड़ में जो सबसे पीछे रह गया, उसे साथ लेकर चलने का विचार करने के लिए वह तैयार नहीं, बल्कि उसके विनाश को वह उचित मानता है। वह अनार्थिक है, उसे नष्ट होना चाहिए, यह उसकी मानसिकता है। उसके विनाश से धीरे-धीरे शक्ति सिमटकर कुछ

हाथों में केंद्रित हो जाती है। इसको पूँजीवादी अर्थशास्त्र स्वाभाविक प्रक्रिया मानता है। किंतु एकाधिकार होने के बाद प्रतिस्पर्धी का रोध भी काम नहीं करता। उस स्थिति में प्रतिस्पर्धी के कारण उत्पन्न होने वाली प्रेरणा नष्ट हो जाती है। मूल्य मनमाने हो जाते हैं तथा गुणवत्ता की दृष्टि से ह्रास होने लगता है।

ऐसे अर्थशास्त्री की दृष्टि उपभोक्ता के नाते भी मानव की आवश्यकताओं अथवा इच्छाओं की ओर नहीं, उनकी जेब पर अर्थात् क्रयशक्ति पर रहती है। भूखे किंतु निर्धन की अपेक्षा पेट भरे और साधन की ही वहाँ चिंता की जाती है। फलतः जहाँ संपन्न की आवश्यकताओं की पूर्ति के लिए नानाविध वस्तुओं का उत्पादन किया जाता है, वहाँ साधनहीन के लिए जीवन निर्वाह की आवश्यकताओं का अभाव बढ़ जाता है।

पूँजीवादी अर्थव्यवस्था में विकास नहीं

उत्पादन-केंद्रीयकरण एवं एकाधिपत्य के कारण उपभोक्ता धीरे-धीरे प्रभावहीन हो जाते हैं। बाजारों का संगठन इस प्रकार किया जाता है कि उसमें रामप्रसाद के पैर के अंक (नंबर) का जूता मिलेगा। सभी क्षेत्रों में यह वर्गीकरण इतनी तेजी से बढ़ रहा है। दशमलव प्रणाली के अनुसार जैसे पुस्तकों का वर्गीकरण कर उसे एक निश्चित अंक दिया जाता है, वैसे ही मानव को भी दिया जा सकता है। व्यक्ति को ही सबकुछ मानने वाली अर्थव्यवस्था ने व्यक्तित्व को बिलकुल समाप्त करा दिया है। स्पष्टतः पूँजीवादी अर्थव्यवस्था मानव का विकास करने में असमर्थ सिद्ध हुई है।

समाजवादी अर्थव्यवस्था प्रतिक्रियावादी

पूँजीवादी के विरोध में समाजवादी अर्थव्यवस्था आई, किंतु यह भी मानव को उसकी प्रतिष्ठा नहीं दे पाई। उसने पूँजी का स्वामित्व राज्य के हाथ में देकर संतोष कर लिया।

राज्य अत्यधिक व्यक्ति-निरपेक्ष संस्था है। वहाँ का हर काम विधि-विधान और नियमों के अधीन चलता है। वहाँ सामान्यतः स्वविवेक के लिए स्थान नहीं है। यदि कहीं शासनाधिकारियों में अत्युच्च कर्तव्यभावना एवं

समाजनिष्ठा न रही तो पक्षपात और भ्रष्टाचार को प्रश्रय मिलता है। पूँजीवादी अर्थव्यवस्था ने तो केवल अर्थपरायण मानव का विचार किया था। अन्य क्षेत्रों का कोई स्थान नहीं है।

जिस प्रकार जेलमैन्यूअल ने मानव का विचार कर उसकी आवश्यकताओं की चिंता की है, ताकि उसके कार्यों का विधान किया जा सके, उसी प्रकार समाजवादी व्यवस्था में मानव का विचार व्यक्ति-निरपेक्षता के आधार पर किया गया है। वहाँ व्यक्तिगत स्वतंत्रता नाम की कोई वस्तु नहीं है।

व्यक्ति पर राज्य हावी

समाजवादी व्यवस्था में निजी संपत्ति नहीं है। अब संपत्ति के निजी स्वामित्व से उत्पन्न होने वाली समस्याओं से वह मुक्त है। किंतु संपत्ति से तथा उसके अर्जन की ऐषणा से जो व्यक्तित्व का विकास और पुरुषार्थ की प्रेरणा मिलती है, उसकी वहाँ कोई समाधानकारक व्यवस्था नहीं की गई। राज्य को सर्वेसर्वा बना दिया गया। व्यक्ति इस भीमकाय यंत्र का लघु उपकरण (पुर्जा) मात्र रह गया है। यह उपकरण ठीक-ठीक काम करे, उसके लिए किसी अंत:प्रेरणा का विचार नहीं हुआ। जिलास (Djilas) के अनुसार शोषकों का पुराना वर्ग तो समाप्त हो चला है, किंतु नौकरशाही का नया शोषक वर्ग उत्पन्न हो रहा है। कार्ल मार्क्स ने इतिहास का जो विश्लेषण किया, उसमें कम्युनिज्म को पूँजीवाद की स्वाभाविक परिणति बताया है। पूँजीवाद में ही पूँजीवाद के विनाश के बीज छिपे हुए हैं, यह उसका प्रतिपादन है।

यह कल्पना साम्यवादी कार्यकर्ताओं को अपनी अंतिम विजय का विश्वास दिलाने के लिए चाहे लाभप्रद प्रतीत हो, किंतु इससे मानव की सुधारवादी एवं क्रांतिकारी प्रेरणा नष्ट हो जाती है। वह युग का निर्माता नहीं अथवा क्रांति का स्रष्टा नहीं, जो कुछ पूर्व-निश्चित है, उसका निमित्त मात्र है। उसका काम तो विधि के विधान में तेजी लाना है, इसलिए वह श्रमिकों का संगठन करके हित की चिंता नहीं करता, बल्कि उन्हें साधन के रूप में ही प्रयोग करता है। कार्ल मार्क्स का द्वंद्वात्मक भौतिकवादी विधान भी तब काम करता है, जब तक पूँजीवाद के स्थान पर सर्वहारा के अधिनायक

के रूप में राज्य सर्वेसर्वा नहीं बन जाता। इसके बाद राज्य इस नियम को काम में आने नहीं देता। प्रतिक्रांति को रोकने के नाम पर राज्य अधिकाधिक निरंकुश बनता जाता है तथा वह दिन, जब राज्य समाप्त होकर राज्यविहीन समाज व्यवस्था जन्म लेगी, एक कल्पना मात्र रह जाता है। वास्तव में क्रिया, प्रतिक्रिया और संक्रिया की प्रक्रिया को रोकना ही मार्क्सवादी दर्शन के अनुसार एक प्रतिगामी एवं प्रगति-विरोध कार्य है।

पूँजीवाद और साम्यवाद, इन दोनों ही व्यवस्थाओं में मानव के सही एवं पूर्ण रूप को नहीं समझा गया। एक में उसे स्वार्थी, अर्थपरायण, संघर्षशील एवं मात्स्यन्याय-प्रवण प्राणी माना गया है तो दूसरी में व्यवस्थाओं और परिस्थितियों का दास, अकिंचन एवं अनास्थामय माना गया है। शक्तियों का केंद्रीयकरण दोनों में अभिप्रेत है। फलतः दोनों का परिणाम अमानवीयकरण में हो रहा है।

भगवान् की सर्वश्रेष्ठ कृति मानव अपने को खोता जा रहा है। हमें मानव को पुनः अपने स्थान पर प्रतिष्ठित करना होगा, उसकी गरिमा का उसे ज्ञान कराना होगा, उसकी शक्तियों को जगाना होगा, ताकि उसे देवत्व की प्राप्ति हेतु पुरुषार्थशील बनाना होगा। यह विकेंद्रित अर्थव्यवस्था के द्वारा ही संभव है।

हमें समाजवाद अथवा पूँजीवाद नहीं, मानव का उत्कर्ष और सुख चाहिए।

'मानव' को दाँव पर लगाकर आज दोनों लड़ रहे हैं। दोनों ने न तो मानव को समझा है और न उन्हें मानव की चिंता है।

हमारी अर्थव्यवस्था का उद्देश्य होना चाहिए—

1. प्रत्येक व्यक्ति को न्यूनतम जीवन-स्तर की आश्वस्ति तथा राष्ट्र के सुरक्षा-सामर्थ्य की व्यवस्था।
2. इस स्तर के उपरांत उत्तरोत्तर समृद्धि, जिससे व्यक्ति और राष्ट्रों को वे साधन उपलब्ध हो सकें, जिनसे वे अपनी चिति के आधार पर विश्व की प्रगति में योगदान कर सकें।
3. उपर्युक्त लक्ष्यों की सिद्धि के लिए प्रत्येक वयस्क एवं स्वस्थ व्यक्ति को साभिप्राय आजीविका का अवसर देना, तथा प्रकृति के

साधनों का मितव्ययिता के साथ उपयोग करना।

4. राष्ट्र के उत्पादक-उत्पादनों का विचार कर अनुकूल प्रौद्योगिकी का विकास करना।
5. यह व्यवस्था मानव की अवेहलना न कर उसके विकास में साधक हो तथा समाज के सांस्कृतिक एवं अन्य जीवन-मूल्यों की रक्षा करे। यह लक्ष्मणरेखा है, जिसका अतिक्रमण अर्थ-रचना किसी भी परिस्थिति में नहीं कर सकती।
6. विभिन्न उद्योगों आदि में राज्य, व्यक्ति तथा अन्य संस्थाओं के स्वामित्व का निर्णय व्यावहारिक आधार पर हो।

ये कुछ मोटी-मोटी बातें हैं, जिनका विचार कर हमें अर्थरचना करनी होगी। आज की परिस्थिति में यदि किन्हीं दो शब्दों का प्रयोग कर अपनी अर्थव्यवस्था की दिशा के परिवर्तन को बताना हो, तो वे हैं—विकेंद्रीकरण और स्वदेशी। हम आज जो रचना कर रहें उसमें केंद्रीयकरण जाने अथवा अनजाने में हमारी श्रद्धा का विषय बन गया है। केंद्रीयकरण ही आर्थिक है, यह हमारी मान्यता बन गई है और इसलिए उसके दुष्परिणाम की चिंता न करते हुए अथवा जानकर भी विवशता से हम उसी ओर बढ़ रहे हैं। यही हाल स्वदेशी का है। स्वदेशी की कल्पना बीते युग की तथा प्रतिगामीपन की द्योतक समझी जाती है। विदेशों की हर वस्तु हम बड़े चाव से ले रहे हैं। विचार, व्यवस्था, पद्धति, पूँजी, उत्पादन-प्रणाली, प्रौद्योगिकी तथा उपभोग के मानदंड—सभी क्षेत्रों में हम विदेशों पर निर्भर हैं। यह प्रगति का रास्ता नहीं है। इससे विकास नहीं होगा। हम अपने स्व को विस्मृत कर परतंत्र हो जाएँगे। स्वदेशी के भावनात्मक रूप को समझकर हमें उसे सृजन का आधार एवं अवलंब बनाना चाहिए।

नव-निर्माण करना होगा

समयाभाव के कारण मैंने अर्थव्यवस्था के संस्थागत पहलुओं की चर्चा नहीं की है। किंतु यह स्पष्ट है कि अनेक पुरानी संस्थाएँ बदलेंगी और नई जन्म लेंगी। इस परिवर्तन के कारण जिनका पुरानी संस्थाओं में निहित स्वार्थ है, उन्हें धक्का लगेगा। कुछ लोग जो प्रकृति से ही अपरिवर्तनवादी हैं, उन्हें

भी सुधार और सृजन के इन प्रयत्नों में कुछ कष्ट उठाने पड़ेंगे। बिना औषध के रोग समाप्त नहीं होता और व्यायाम का कष्ट उठाए बिना बल भी नहीं आता। अतः हमें यथास्थिति का मोह त्यागकर नव-निर्माण करना होगा। हमारी रचना में प्राचीन के प्रति अश्रद्धा एवं अवज्ञा का भाव नहीं होना चाहिए, किंतु उससे चिपटे रहने की आवश्यकता नहीं है। परिवर्तन की दिशा कौन सी होगी, इसका हमने ऊपर विचार किया है।

उपसंहार

हमने मानव के समग्र एवं संकलित रूप का थोड़ा विचार किया है। इस आधार पर हम चले तो भारतीय संस्कृति के शाश्वत मूल्यों के साथ राष्ट्रीयता, प्रजातंत्र, समता और विश्व-एकता के आदर्शों को एक समन्वित रूप में रख सकेंगे। इनके बीच का विरोध नष्ट होकर वे परस्पर पूरक होंगे। मानव अपनी खोई हुई प्रतिष्ठा और जीवनोद्देश्य को प्राप्त कर सकेगा।

हमने यहाँ तात्त्विक विवेचन किया है, किंतु करोड़ों भारतवासी मात्र दर्शनशास्त्री नहीं हैं। हम तो भारतीय जन के माध्यम से राष्ट्र को सबल, समृद्ध और सुखी बनाने का संकल्प लेकर चले हैं। अतः इस अधिष्ठान पर हमें राष्ट्र रचना का व्यावहारिक प्रयत्न करना होगा। हमने अपनी प्राचीन संस्कृति का भी विचार किया है, किंतु हम कोई पुरातत्त्ववेत्ता नहीं हैं। हम किसी पुरातत्त्व संग्रहालय के सरंक्षक बनकर नहीं बैठना चाहते। हमारा ध्येय संस्कृति का सरंक्षण मात्र नहीं, अपितु उसे गति देकर सजीव व सक्षम बनाना है। उसके आधार पर राष्ट्र की धारणा हो और हमारा समाज स्वस्थ एवं विकासोन्मुख जीवन व्यतीत कर सके, इसकी व्यवस्था करनी है। इस दृष्टि से हमें अनेक रूढ़ियाँ समाप्त करनी होंगी, बहुत से सुधार करने होंगे। जो हमारे मानव का विकास और राष्ट्र की एकात्मता की वृद्धि में पोषक हो, वह हम करेंगे और इसमें जो बाधक हो, उसे हटाएँगे। ईश्वर ने जैसा शरीर दिया है, उसमें मीन-मेख निकालकर अथवा आत्मग्लानि लेकर चलने की आवश्यकता नहीं है। आज यदि समाज में छुआछूत और भेदभाव घर कर गए हैं, जिनके कारण लोग मानव को मानव समझकर नहीं चलते और जो राष्ट्र की एकता के लिए घातक सिद्ध हो रहे हैं, हम उनको समाप्त करेंगे।

हम उन संस्थाओं का निर्माण करना होगा, जो हमारे अंदर कर्मचेतना पैदा करें। हम स्वकेंद्रित एवं स्वार्थी बनाने के स्थान पर राष्ट्र-सेवी बनें, अपने बंधुओं के प्रति सहानुभूतिपूर्ण दृष्टिकोण ही नहीं, उनके प्रति आत्मीयता और प्रेम पैदा करें। इस प्रकार की संस्थाएँ ही वास्तव में हमारी चिति का आविष्कार कर सकेंगी।

जैसे राष्ट्र का अवलंब चिति होती है, वैसे ही जिस शक्ति से राष्ट्र की धारणा होती है, उसे विराट् कहते हैं। विराट् राष्ट्र की वह कर्मशक्ति है, जो चिति से जाग्रत् एवं संगठित होती है। विराट् का राष्ट्र जीवन में वही स्थान है, जो शरीर में प्राण का प्राण से ही सभी इंद्रियों को शक्ति मिलती है, बुद्धि मैं चैतन्य उत्पन्न होता है और आत्मा शरीरस्थ रहती है। राष्ट्र में भी विराट् के सबल होने पर ही उसके भिन्न-भिन्न अवयव अर्थात् संस्थाएँ सक्षम और समर्थ होती हैं। अन्यथा संस्थागत व्यवस्थाएँ केवल दिखावा मात्र रह जाती हैं। विराट् के आधार पर ही प्रजातंत्र सफल होता है और राज्य बलशाली बनता है। इसी अवस्था में राष्ट्र की विविधता उसकी एकता के लिए बाधक नहीं, साधक होती हैं। भाषा, व्यवसाय आदि के भेद तो सभी स्थानों पर होते हैं, किंतु जहाँ विराट् जाग्रत् रहता है, वहाँ संघर्ष नहीं होते। हम लोग शरीर के भिन्न-भिन्न अवयवों की भाँति या कुटुंब के घटकों के समान परस्पर पूरकता से काम करते रहते हैं।

हम विराट् जाग्रत् करें

हमें अपने राष्ट्र के विराट् को जाग्रत् करने का काम करना है। अपने प्राचीन के प्रति गौरव का भाव लेकर, वर्तमान का यथार्थवादी आकलन कर और भविष्य की महत्त्वाकांक्षा लेकर हम इस कार्य में जुट जाएँ। हम भारत को न तो किसी पुराने समय की प्रतिच्छाया बनाना चाहते हैं और न रूस या अमरीका की अनुकृति।

विश्व के दर्शन और आज तक की अपनी संपूर्ण परंपरा के आधार पर हम ऐसे भारत का निर्माण करेंगे, जो हमारे पूर्वजों के भारत से अधिक गौरवशाली होगा, जिसमें जनमा मानव अपने व्यक्तित्व का विकास करता हुआ संपूर्ण मानवता ही नहीं अपितु सृष्टि के साथ एकात्मता का साक्षात्कार कर नर से

नारायण बनने में समर्थ हो सकेगा। यह हमारी संस्कृति का शाश्वत दैवी और प्रवहमान रूप है। चौराहे पर खड़े विश्वमानव के लिए यही हमारा दिग्दर्शन है। भगवान् हमें शक्ति दें, हम इस कार्य में सफल हों, यही प्रार्थना है।

'भारतमाता की जय!'

(25 अप्रैल, 1965)

□□□

दीनदयाल उपाध्याय
संपूर्ण वाङ्मय
खंड एक
सैट का मूल्य
6000/-
दुर्लभ चित्रों
के साथ